압록강 생각

일송북詩선집

# 압록강 생각

## 양성우 시집

일송북

# 차례

압록강
생각

# 춘분 무렵

부지런한 농사꾼들이 찬 새벽 어스름도 걷히기 전에
서둘러 들로 나가듯이
봄이 오는 것을 안 보고도 먼저 알아 땅 속에서
풀뿌리들이 저마다 눈을 뜨고 꿈틀대는 시간
마치 알 속의 병아리가 밖으로 나오려고 톡톡톡 알 껍질을
쪼듯이
나뭇가지마다 새 움들이 딱딱한 나무껍질을 깨는 시간
하굣길의 아이들이 우르르 교문으로 몰려나오듯이
어느 하루, 겨우내 숨은 꽃잎들이 와라와라 떠들면서
한꺼번에 터져 나오려고 얼굴에 분 바르고 옷매무새를
다듬는 시간

# 플라스틱 갑옷

나는 지금 반투명의 플라스틱 갑옷을 입고 있다
창끝에 찔리지 않았어도 이미 구멍들이 숭숭 나 있는,
등뼈를 다친 환자에게 입히는 코르셋
이것을 허리에 두르고 오래 견뎌 본 사람은 알지
몸이 부서지면 영혼도 부서져 흩어지는 것
저 허공중에 오롯이 그것들만 모여서 사는 곳이
있다면 몰라도
피와 살과 뼈만으로는 누구나 이 별에 영원히 머물지
못하리
마치 나그네이듯이 죽어서 어디론가 먼저 가고
나중에 가는 것일 뿐
오늘도 나는 살아서 플라스틱 갑옷을 입고 있다
방탄복 같은
다시는 깨어날 수 없는 깊은 잠, 어둠의 한가운데로
나를 보내는 화살 한 닢 아직은 날아오지 않아도

# 세상의 모든 소리들이

세상의 모든 소리들이 사라지지 않고 눈처럼 쌓인다면
아마 산맥을 이룰까
큰 바람 천둥소리에서부터 봄 풀잎들이 움트는 소리까지
하늘이 그것들을 흔적 없이 빨아들이지 않는다면
세상의 모든 소리들이 사라지지 않고 가랑비로 온종일
추적추적 내린다면
언젠가는 강물이 되고 끝도 없는 바다가 될까
사나운 짐승들이 울부짖는 소리에서부터 사람들의 말소리,
귀여운 아기들의 웃음소리까지 낱낱이 흩어지지 않고
길고 마른 넝쿨들이 어지러이 헝클어진 가을 수풀처럼
눈앞을 가린다면 얼마나 흉하고 답답할까
깊이 모를 허공이 모든 소리들을 잠시 머금은 뒤에
어미펭귄처럼 침을 섞어 뱉는다면
영원한 어둠이, 아침마다 땅 위에 태양빛을 되돌려 주듯이
그 품에 오래 감춘 모든 소리들을 한꺼번에 고스란히
토해낸다면

# 그 사람이 나에게 오기 전에는

그 사람이 비로소 나에게 오기 전에는
내가 사는 것은 사는 것이 아니었다
그 사람이 나에게 오기 전에는
내 눈은 움직이지 않고 허공에 머물고
오랫동안 내 몸은 진흙에 묻혔다
그 사람이 나에게 오기 전에는
나는 날마다 낭떠러지에서 낭떠러지로
오가고
밤이면 어둔 창가에 앉아서
가슴에 차오르는 눈물을 눌렀다
술을 마시고 아무도 없는 곳에서
나 혼자 부르는 서글픈 노래가 어찌
내 영혼을 적실까
어디가 어디인지도 모른 채
붉은 바람 끝 모를 모래밭을 헤매는
내 삶은 삶이 아니었다
어느 날 문득 그 사람이 내 곁에 와서
머물기 전에는

# 날마다 마지막 날인 듯이

날마다 마지막 날인 듯이
지나치는 모든 사물들을 마지막 보는 듯이
지금 먹는 빵 한 조각마저도 마지막 만찬인 것 같이
남아있는 시간을 그냥 주어진 대로
담담히 살아가고저
오늘밤에도 누가 또 문득 긴 잠에 드는가
때가 차면 사람의 몸은 산산이 부서지고
영혼은 연기처럼 사라지는 것!
누구에게나 영생불사는 없으니,
다만 먼저 가고 나중에 가는 것일 뿐
여름나무의 검푸른 넓은 잎들이 가을에는 모조리
낙엽이 되듯이

# 12월의 시

햇빛이 땅위의 여러 목숨들을 목숨이게 하듯이
영혼을 영혼이게 하는 이는 누구일까
보이지 않는 저 높은 궁창에 홀로 있는 이,
그가 드디어 찬바람과 흰 눈을 내려 보내니
지금은 아무도 낙엽을 이야기하지 않는다
지나치는 곳마다 마지막 작별의 인사를 하며
쏜살같이 벼랑으로 달려가고 있을 뿐
죽는다는 것은 결국에는
아무도 없는 곳에서 아무도 없는 곳으로 가는 것
비록 먼저 가고 나중에 가는 것이겠지만
그의 뜻을 꺾고 누르는 것은 어디에도 없다
마치 강물이 아래서 위로 거슬러 흐를 수 없듯이

# 세종문화회관 뒤뜰에서

나는 지금도 여전히 운명이 내 등 뒤에 있다고 믿는다
누구나가 대게 그렇듯이 내 삶도 역시 산전수전임은
내 삶을 내 맘대로 살지 못했다는 뜻이 아니겠는가
여기 붉고 노랗게 물들어서 떨어지는 가랑잎들처럼
끝내는 부서져 먼지가 되고 물이 될 줄을 잘 알면서도
마냥 지푸라기 헛것을 붙들고 힘겹게 살아오다니
아득한 영원의 한 모퉁이에 잠깐 머물다가 가면서도
마치 나 혼자만은 절대로 그렇지 않을 것 같이
꼭 무엇인가를 이루려고 내가 세상에 온 것이 아니라면,
살아생전에 아무것도 제대로 이룬 것이 없다한들
무슨 상관인가
그나마 내게 남은 시간에 사랑하는 것들을 더욱 절절히
사랑하다가 떠나면 되는 것이지
구태여 한 평생 내 몸을 잘못 떠밀어온 얄궂은 운명만
탓하지 말고

# 작별의 시

나는 이 세상의 모든 사물들과 작별한다 거듭하여
아내와 자식들과 친구들과 산과 바다와 강물과
나무와 풀잎들과 작별한다 꽃과 새, 새들의 지저귐과
나의 삶은 작별이다 태어나서부터 죽는 날까지
안개와 눈과 비와 바람, 달과 별들과도 나는 언제나
작별한다
길에서 전차에서 버스에서, 학교와 시장, 병원과
예배당에서 우연히 마주치거나 무심코 내 곁을
스쳐 지나가는 낯선 사람들과,
높고 낮은 건물들과 거기에 붙은 간판들과도 작별한다
작별은 나의 일상이다 내 삶의 모든 순간은 작별의
시간이다
공원에서 뛰어노는 아이들과 아이들을 바라보는
노인들, 그들 위에 쏟아지는 가을햇살과도 작별한다
내가 읽은 모든 책갈피에 지문처럼 찍힌 인쇄문자들과
지금 쓰는 이 작별의 시와도 곧 작별이다
내 안에 깊이 파인 상처들과 꿈과 그리움,
그리고 걷잡을 수 없는 종횡무진의 여러 생각들과도

# 9월에

저 나뭇잎들이 영원히 지지 않는다면 얼마나 무서울까
저 검푸른 넓은 잎들이
저 풀잎들이, 심지어는 엉겅퀴 강아지풀들까지도
영원히 시들어 눕지 않는다면.....
어느 것이나 모두 반대쪽으로 갈 수밖에 없다니,
살아서 여리고 부드러운 것은 시간과 함께 딱딱하게 굳어지고
부서지는 것
꽃도 지지 않고 아기 우는 소리도 없이
사람들도 영원히 죽지 않고 산다면,
세상은 얼마나 흉하고 삭막하고 지루하고 숨이 막힐까
오늘하루 눈 시리게 쏟아지는 햇살마저도 영원히,
저녁놀로 타다가 살며시 어둠 속으로 사라지지 않는다면

# 행주내동을 지나면서

큰 강물 뒷마을 행주내동을 지나면서 문득 차창 밖을 보니
낮은 산자락에도 풀은 눕고 나뭇잎도 다 졌구나
이 추운 날 그 무엇이
서글픈 생각들을 이곳까지 끌고 오는 것이냐
일찍이 약속이라도 한 것처럼 내 살붙이 형제들도 서둘러서
세상을 떠나고, 뜻을 나눈 친구들마저 아득히 사라졌으니
도대체 이 일을 어찌하면 좋을까
마치 손끝에 닿을 것만 같이 삶과 죽음의 사이가
한 걸음이라니
이제 내게 남은 것은, 모든 짐을 내려놓고
개울가의 흰 갈대꽃처럼 몸을 떨고 부서져 물에 젖고
고스란히 진흙에 묻히기
어디에서 와서 어디로 가는지도 모르고 허겁지겁 달려온
곳곳에
어지럽게 찍힌 내 발자국들을 애써 돌아보지 않으면서

# 아일란 쿠르디[*]

한 아이가 울고 있네 바닷가에서
아무도 없는 바닷가에 한 아이가 울고 있네
귀엽고 예쁜 얼굴 모래에 파묻고
한 아이가 잠들었네 잠꼬대도 없이
한 아이가 잠들었네 다시 눈 못 뜨는 잠
차라리 장난이라면 좋겠네
숨바꼭질이라면 좋겠네
한 아이가 여기에 있네 꼼짝도 않고
바다 건너 아득히 여기에 있네
멀고 어둔 밤물결에 깃털처럼 떠밀려서
한 아이가 여기에 왔네
얼마나 춥고 숨 막히고 무서웠을까
재롱둥이 응석받이 아일란 쿠르디
세 살배기 저 아이가 세상을 울리네
눈물겹고 애틋한 저 아이의 숨진 모습이
마치 술래인양, 남의 땅 바닷가에 혼자 엎드린

---

[*] 2015년 9월 2일, 터키의 보드룸 해변에서 주검으로 발견된 시리아 난민 어린아이
의 이름

한 아이가 나를 울리네
내 가슴을 저미네 몸서리치도록

# 여름날 아침에 친구를 떠나보내며

자네 지금 어디쯤 가고 있는가
자네가 홀로 가는 하늘 길에도 짙푸른 여름나뭇잎들이
저마다 아침물결처럼 햇살에 반짝이는가
자네 거기서도 여기가 아스라이 바라다 보이는가
돌아보지 말게, 아무것도 돌아보지 말게
모든 꿈과 사랑의 흔적들을 고스란히 이곳에 두고
자네는 이미 넋이 되어 허공에 있으니
이제는 한 평생 무수히 맺은 인연들,
모래 위에 찍은 발자국들과 큰 아픔 작은 기쁨들까지도
허물이듯이 다 벗어 놓고 가는,
다시는 돌아오지 못하는 길이라면 그 무엇이 아쉬울까
돌아보지 말게,
오히려 자네가 누군가를 떠나보내는 사람같이
자꾸만 멈춰 서서 손 흔들지 말게나
자네가 가는 그 먼 길, 차마 발걸음이 떨어지지 않아서
너무도 늦어질까 염려되므로

# 나는 인생을 물 흐르듯이 살지 못했다

나는 인생을 물 흐르듯이 살지 못했다
오히려 온몸으로 물살을 거스르면서 살아왔지
세차게 쏟아져 내리는 물줄기를 가르고
몸부림치며 뛰어오르는 물고기 같이
마치 먼 산골짜기의 실개울 풀숲으로 가서
한 줌의 반짝이는 알을 낳기라도 할 것처럼
나는 살아오는 날 내내 물을 따라 가만히
흐르지 못했다
한 순간 한 순간을 살려고 사는 것이 아니라
애써 죽으려고 사는 것 같이
돌에 맞고 가시에 찔린 채 상한 지느러미로
지금도 나는 물살을 거스르고 있다
나도 모르는 곳, 보이지 않는 저 위의
그 어딘가에 간절히
무엇이 나를 기다리고 있기라도 하는 것처럼

# 나의 열아홉 살

내가 열아홉 살 되던 해 5월 어느 날 아침 등굣길에
박정희의 군인들이 갑자기 나를 덮쳤을 때,
그때 나는 이미 죽었다
그들이 어두컴컴한 특무대 지하실 바닥에 피멍든 내 몸을
짐짝처럼 던졌을 때,
그리고 바람 불고 비 내리던 한밤중에 그들이 나를
군용트럭에 싣고 어디론가 하염없이 달려갈 때,
그때 나는 이미 죽었다
그해 내내 시시때때로 박의 부하들에게 매를 맞고
희롱 받고 감옥에 오래 갇혀 있을 때,
그때 나는 이미 죽었다 숨도 못 쉬고
한 마디 말로, 내가 그렇게 산 것은 절대로
사람이 사는 것이 아니었다
그때의 나는 상처입고 쓰러진 어리고 슬픈 짐승이었다

# 그는 누구일까

그는 궁벽한 시골에서 태어나 농사꾼이 안 되고 글쟁이가
되었지
한평생 손가락이 휘도록 글을 썼어도 시시때때로 쫓기고 갇
히고
벌만 받은 그
그러다 보니 그는 여태껏 글을 팔아서 술과 고기를 얻기는
커녕
뉘 섞인 쌀 한 줌도 사지 못했지
잠을 줄여 만 권의 책을 읽었어도 그게 다 무슨 소용인가
대게는 그의 남루에 등을 돌릴 뿐, 아무도 그의 영혼에는 관
심조차도 없었던 것을
그러나 그에게도 한 때는 제가 아니면 지구가 돌지 않을 것
같은 시절도 있었지
지금은 제 몸이 사라져도 세상은 털끝만큼도 변하지 않는다
는 것을 깨달은,
하루에도 서너 번씩 죽고 싶다는 생각을 하면서도 죽지 못
하고 사는,
남 다 가진 집 한 칸도 없이 주머니 속에는 언제나 먼지뿐인
불쌍한 그,

그는 누구일까?

# 다카사키 쇼지

젊은 날 나에게는 한 일본인 친구가 있었다 다카사키 쇼지
조금은 수줍어하고 말수 적고 점잖던 그
일찍이 한일관계사를 공부하고 책을 쓰고
도쿄의 어느 대학에 강의 나가던 그런 친구가 내게 있었다
거기에다가 나를 만나는 중에 한국사람에게 정이 들었다더니
결국은 재일동포 아가씨와 결혼까지 한
숫기 없고 고지식하던 그 사람
언젠가 내가 불온한 시 한 편으로 군인들에게 쫓길 때,
그는 나를 도우려고 몇 번이나 현해탄을 건넜던고
어쩌다가 내가 적들에게 사로잡혀 형틀에 묶이고 감옥에
오래 갇히는 동안
오직 내 목숨을 살리려고 내 원고꾸러미를 품에 숨기고
발바닥이 부르트도록 여기저기 헤맨 그
남달리 나를 아끼고 한국을 무척 좋아하는 마음으로
조상들의 죄를 조금이나마 덜고 싶다던 그 사람
그 험한 시절 먹구름 터진 틈으로 비치는 햇살 같이
잠깐씩 내 곁에 머물다 가던 곱고 선하고 눈물겨운 그 친구

# 개화, 생인손 같은

나무들의 남모르는 아픔이 꽃이 되는지도 몰라
조갯살의 상처에서 진주가 돋듯이
겨우내 얼다가 녹은 가지 끝의 튼 살에서
희고 붉은 꽃잎들이 피어나는 것을 보면
오늘같이 저렇게 화들짝 핀 봄꽃들 앞에서도
내 마음이 유난히 서글퍼지는 것도
나무들의 눈물이 변하여 꽃잎이 된 까닭에서일까
어느 하루 문득 부는 비바람에 저 꽃잎들 다 지겠다는
염려보다는

나무들의 아픔이 꽃이 되는지도 몰라
입술을 깨물고 남모르게 앓는 손끝의 생인손 같은

# 꽃구경

해마다 봄이 되면 가슴 두근거리면서 만나는 것들이지만,
가만히 들여다보면 볼수록 신비롭기만 하여라
저 희고 붉고 노란 것들이 어디에 오래 숨어 있다가
햇살에 눈 시린 듯이 한꺼번에 우르르 터져 나오는 것이냐
셀 수도 없이 수많은 곱고 여린 것들이 마치 서로 속삭이며
말을 맞춘 것처럼

# 그가 시인으로 살게 된 까닭은

내가 잘 아는 어느 시인은 일찍이 사춘기 시절부터
신기神氣를 느끼듯이 시의 기氣에 눌렸다지
그래도 시를 안 쓰고 빈둥대면 온몸이 아프고 저림은
신애기가 마치 무병巫病을 앓는 것과 같았다는데
그런 날은 바깥도 못 나가고 집안에 틀어박혀서
몸살처럼 끙끙 앓다가는 어쩌다가 벌떡 일어나
시 같은 것을 몇 글자 적을라치면,
언제 그랬냐는 식으로 멀쩡히 낫곤 했다지 않은가
그렇지만 시가 밥이 안 된다고들 해서 그는 스스로
시인이 아닌 길로 가려고 몇 번이나 버둥거려봤다지
그럴 때마다 그는 여지없이 쓰러지고 열에 들떠서
헛소리까지도 했어 죽는 병이 든 것처럼
그래서 그는 어쩔 수 없이 시의 길을 가기로 했지
작두 타고 춤추는 내림굿 푸닥거리는 못했을망정
갓무당이 몸부림으로 신을 불러 맞이하듯이 그는
시를 운명으로 받아들였다네
시인으로 산다는 것이 외롭고 고달프고 힘든 것임을
잘 알면서도

# 내 늙은 누님의 인생

그녀는 살아생전에 한 번도 사는 것 같이 살아보지 못했다네
일제치하에 시골에서 맏딸로 태어나서 간이학교를 겨우 나온
어린 나이에 처녀공출을 피하려고 일찍이 시집을 간 그녀
하필이면 임신해서 배가 남산만할 적에 육이오가 나는가 싶
더니
한밤중에 내려온 빨치산들에게 남편은 끌려가서 소식도
없고,
한 평생을 그 남편 한 사람을 기다리며 사는 생과부가 되었지
오직 유복자로 태어난 자식 하나에게 운명을 걸고
그렇지만 그 아들마저도 남다르게 벼랑길만 헤매다가
결국은 술에 절어 세상과 담을 쌓지 오래되었고
그녀가 차마 모진 목숨을 끊지 않고 살아온 모든 날들은
유난히 낙심과 눈물뿐이었다네
그러다가 이제는 너무 늙어서 몸과 생각이 온전치 못하여
먼 산 밑의 요양원 신세가 되더니
어느 날 우연히 혼자 넘어져서 골반뼈가 사금파리처럼 바스
러지고
병원에 누운 채 속수무책으로 죽는 날만 기다리고 있다니
그녀의 이런 인생이 도대체 무슨 인생이란 말인가

34

# 행신역에서

내 안에 아무것도 남기지 않고 다 태우는 사랑이고저
마치 춤추듯이 흩날리며 내려오다가 땅에 닿기도 전에 녹는
봄눈송이들 같이
한 순간에 허공에 스미는 애틋한 내 마음이여
여기 시골 가는 열차에 아이들을 실어 보내고 돌아서는
플랫폼에서 나는 혼자 또다시 다짐하느니
지금에 와서 내가 더 무엇을 바랄 것이냐
저 아이들이 눈앞에 오고가고 어른거리는 것만으로도
이미 내 그릇이 넘치는 것을
더욱이 나에게 주어진 몸의 시간들이 그다지 많지 않으므로

# 밤눈

그들이 온다 넋처럼 머리를 흔들며 머뭇거리며
춤을 추면서 헛웃음치며 그들이 온다
허공에 가득히 하얗게 몰려온다
마치 두고 간 것을 다시 찾으러 오는 것 같이
빈들에 벗은 나무들의 검은 숲에
가난한 작은 마을의 낮은 지붕들 위에,
아무도 기다려 주지 않는
오래 전에 문을 닫은 간이역 녹슨 철길 위에
슬픔이듯이 가슴을 치면서 그들이 내려온다 넋처럼
잠 안 오는 밤의 창문을 두드리며

# 다함께 가난했던 시절에는

지난날 다함께 가난했던 시절에는 나는 슬프지 않았네
그렇게 사는 것이 사람이 사는 것으로만 알았으니까
지난날 다함께 춥고 배고프던 시절에는 나는 서럽지 않았네
그렇게 사는 것이 사람이 사는 것으로만 알았으니까
나중에 내가, 가난하고 춥고 배고픈 사람들 위에
가난하고 춥고 배고픈 것이 무엇인지도 모르는
넘치도록 많이 가진 사람들이 있다는 것을 알기 전까지는

# 황오주 그 사람

황오주 그 사람 저기 둥두렷하고 펑퍼짐한 무등 같이
품이 크고 오지랖이 넓은 사람
다 함께 못 살던 모진 시절 꽁보리밥에 소금 찍어
먹을 때에도 꿈도 크고 절대로 기죽지 않던
그 사람 푸르스름한 까까머리로 아득히 반백년 전에
깃대봉 밑 고등학교 교정에서 만난,
지리산 자락 남원 수월리에서 광주로 유학 온 친구
일찍이 체신청 주사가 되어 우체국이 있는 충장로 한가운데
에서
터줏대감으로 앉은 뒤에는
그 사람 이름을 대면 모르는 이가 없던
다섯 자 작은 키의 사람 좋은 마당발
그 친구 내게는 한 해 후배님으로 세월이 오래 되어
지금에 와서는 잊힐 만도 하지만,
그 얼굴 그 걸음걸이 그 목소리가 생생한, 정 많고 똑똑하고
야무지던 그 사람
전라도에서 서울로 옮겨온 다음에도 밤낮없이 몸을 부려
일 속에 묻힌 끝에, 뭇사람의 칭찬을 한 몸에 받아온 그
그렇게 사십 년을 우체국 안에서 손끝이 닳도록

세상의 편지들을 주무른 뒤에는 비로소 깃을 접듯이 옷을
벗고,
아이들을 사랑하는 것 말고는 이제는 할 수 있는 것이
아무것도 없다는 마음으로
자청하여 초등학교 아이들을 지키는 보안관이 된 그
어느 누구도 무단히 그를 아이들에게서 억지로 떼어놓지 말
기를……
티 없이 예쁘고 귀여운 아이들 속에서 그는 요즘
살아생전에 처음으로 지극히 즐겁고 행복하다니까

# 잎 지는 날의 시

태양이 서쪽하늘을 주홍으로 물들이면서 천천히
먼 산 너머로 자맥질하는 것처럼
오래 늙은 인디언이 스스로 가족들과 결별하고
신령한 골짜기로 걸어가서 혼자 눕는 것처럼
밀물같이 밀려오는 새벽빛에 갑자기 카시오페이아
오리온 전갈자리 북극성이 아득한 궁창으로
숨는 것처럼
때가 되면 먼 바다의 연어들이 줄지어 돌아와서
여울물 돌 틈에 알을 낳고 죽는 것처럼
옛사랑의 흔적들이 이제는 내 마음 속에서도
희미하게 바래고 지워지는 것처럼
노랗고 붉은 나뭇잎들이 우수수 바람결에 떨어져
이리저리 길 위에 흩날리고 바스러지는가

# 풀잎들이 먼저 알아

가을이 오는 것을 풀잎들이 먼저 알아
아직은 초록이 깊고 햇살 따가운데
물푸레 왕벚꽃 단풍나무 잎사귀들보다
일찍이 서둘러 시드는가
민들레 강아지풀 쇠비름 벌개미취
씀바귀……
가을이 오는 것을 길가의 풀잎들이 먼저 알아
가만히 옷깃을 스치는 서늘한 바람결에도
잠자듯이 스르르 눈을 감고 눕는가
그늘도 없는 들의 해바라기 옥수숫대
콩깍지들이
가을이 오는 것을 먼저 알아 싯누렇게
시들어 늘어지고,
숨은 새 귀뚜라미 풀벌레들까지도
목을 놓아 울려고 세상을 사는 것처럼
저렇게도 저녁내 구슬프게 우는 것이냐

# 관촉사에서

늦가을 찬 들을 건너 갑자기 관촉사에 오다
오늘따라 금빛 햇살 깔린 절 마당이 좁아 보이고
흰 미륵불의 얼굴이 새삼 그늘져 보이는 것은
내 눈시울에 그만큼 먼지가 가득히 쌓였다는 것인가
하염없이 흐르는 눈물, 티 없는 마음으로
그의 발아래 엎드려서 우러르고 싶다
먼 앞날의 세상을 구하려고
천 년 전에 이미 이곳에 와서 홀로 서 있는 이
나 무심코 또다시 괴로움의 바다로 돌아가지 않고
마치 사로잡히듯이 그의 품에 안기고저
색 바랜 마른 잎들이 소리도 없이 땅에 떨어지고
녹아서 흙 속에 스미는 것 같이

# 팔바우 고개[*]

팔바우 고개, 저 고개를 넘으면 은빛 물결 반짝이는
가을 강을 보겠네
저 고개를 넘어가면 서쪽으로 흐르는 긴 강을 따라
뭇으로 줄지어 핀 갈대꽃을 보겠네
잎 지는 시오리 호젓한 산길, 저 고개를 넘어가면
이른 나락 다 익은 논둑에서 후여 후여어 새를 쫓는
아이들을 보겠네
우리 집 뒷숲의 동백 알은 얼마나 굵어졌을까
저 고개를 넘으면
저녁놀을 머리에 가득 이고 두 팔을 휘저으면서 서둘러
들길을 건너오시는 내 어머니를 보겠네

---

[*]  내 고향 함평에 있는 고개의 이름

# 두타연 숲길에서

오늘 하루 모처럼 세상의 소리에 두 귀를 막고
두타연 깊은 골짜기에 들어와 숲속을 거닐다
긴 풀잎 끝에 맺힌 이슬방울들이 유리알 같고
사람의 손길을 안 탄 산꽃잎들이 싱그럽다
누가 새들만 날아서 남과 북을 오간다고 말하는가
금강산 가는 옛 길목 하야교 삼거리에서는
윗녘 물줄기와 아랫녘 물줄기가 소리치며 흘러와
하나로 합쳐지느니
혹시나 하여 조심히 딛는 발자국소리에도
어디에선가 흙무더기 솟구치며 터져오를 것만 같은
검푸른 산빛 속에 촘촘히 묻힌 지뢰밭,
그 속에서 이끼 묻은 쪽동백 고로쇠 물박달
돌배나무들이 마치 아무렇지도 않은 듯이
머루 다래 칡넝쿨들과 어우러져 살고 있다니
이미 시간을 뛰어넘어 산비처럼 숲을 적시고
가슴을 적시는 남모를 슬픔이여
여기 와서 내 안에 이는 새삼스런 바램이 있다면,
피어린 저 산등성이들 깎아지른 벼랑 위에
겹으로 두른 철조망을 다 거두어서 구부려 만든

붉고 노란 큰 꽃송이들을
살아서 이 눈으로 역력히 바라보는 것일 뿐이다

# 모진 말

모질고 독한 말로 남에게 상처를 주지 마라
그것은 뾰족이 날 선 돌이요 독 묻은 화살과 같으니
그런 말을 던지는 너는 잠시 후련할지 몰라도
듣는 사람의 가슴은 너무나도 쓰리고 아프다
칼끝으로만 사람을 죽이는 것이 아니라
말 한 마디로도 사람을 죽이는 것
천리 밖의 아무도 없는 곳에서 혼자 말하는 악담도
비수가 되어 날아가서 남의 등에 꽂히느니
무심코 네가 뱉는 그 흉한 말들이
연기처럼 사라지는 것이 아니라 허공에 숨어 있다가
너에게 다시 송곳처럼 쏟아진다면 어찌하겠느냐
아무리 네 안에 미움이 솟고 화가 불같이
타오를지라도
거칠고 험한 말로 남의 몸을 찌르지 않을 일이다

# 그곳에는 없는 것

그곳은 처음부터 부자도 없고, 가난뱅이도 없고, 경찰서도
없고, 재판소도 없고, 감옥도 없고, 공장도 없고, 군대도 없고,
정치꾼도 없고, 건달도 없고, 좀도둑도 없고, 사기꾼도 없고,
아파트도 없고, 자동차도 없고, 담장도 없고, 대문도 없고,
전깃불도 없고, 수돗물도 없고, 독사도 없고, 늑대도 없고,
여우도 없고, 독수리도 없는 곳
마을 앞 들 끝에는 하루에 두 번씩 밀었다가 써는 큰 강이
있고,
강을 따라 시퍼렇게 어우러진 갈대수풀이 있고, 동구 밖
고라실 원둑거리에 눈깔사탕을 파는 오두막집 가게 하나
있는
그곳, 내가 태어나서 자라던 곳

# 능소화 지는 날

참 곱고 향기로운 류샤오보劉曉波*
그가 별도 없는 어스름 빈들에서 홀로 외쳤다는 혐의로
개 끌리듯이 공안에게 끌려갈 때
그가 어딘지도 모를 깊은 감옥에 오래 갇혀
젓가락처럼 마르고 병이 들어 신음할 때
그리고 결국에는 어둔 감방 문 앞에서 그가 죽어
마치 그를 기리듯이 능소화가 뚝뚝 지는 이 여름날
불에 타고 재가 되어 꽃잎처럼 바다에 뿌려질 때
나는 전혀 아무것도 하지 않았다
오직 그의 나라 사람이 아니라는 까닭만으로 지그시 눈을
감고
모른 척했다
숨고 싶도록 무척 부끄럽게도 나는

---

\* 중국의 반체제 작가, 인권운동가.

# 화정동 일몰

화정동 M병원 A병동 6층의 젊은 의사들과 간호사들의
발자국 소리, 이따금 들려오는 구급차 소리,
임종을 앞둔 옆 병실 노인 환자의 가족들이 웅성거리는
복도,
접이식 좁은 소파에 걸터앉은 힘겹고 고단한 내 아내,
그녀 앞에 여러 날 동안 수액을 꽂고 누워 있는 나
인생은 짧고, 누구나 언제인가는 세상을 뜨는가
한 평생을 잘 살아온 사람이나 잘못 살아온 사람이나
상관없이
창밖에는 어지럽게 함박눈이 내리다가 그치고
저 멀리 바라다 보이는 빈들 건너 나지막한 산허리 너머로
홀로 지는 해가 오늘따라 유난히 붉다

# 오늘 나는 알았네

오늘 나는 나의 시가 아무것도 아니라는 것을 알았네
오늘 나는 나의 시가 길가의 작은 풀꽃 한 잎도
피우지 못한다는 것을 알았네
나는 오늘 아무도 없는 곳에서 혼자 쓰는 나의 시가
아무것도 아니라는 것을 알았네
물살 빠른 흐린 바다 속에서는 메아리도 없는 나의 노래가
아무것도 아니라는 것을 나는 오늘 알았네
나는 오늘 바람결에 눈처럼 지는 흰 꽃잎들 앞에서는
나의 시가 아무것도 아니라는 것을 처음으로 알았네

# 저 아이들이 살아서 돌아오게 하소서

– 세월호 침몰의 비보를 듣고

저 아이들이 살아서 돌아오게 하소서
저 아이들이 살아서 집으로 돌아오게 하소서
저 아이들이 아침에 집에서 나갔듯이
저녁에 집으로 돌아오게 하소서
저 아이들이 돌아오게 하소서
저 아이들이 배를 타고 바다로 떠났듯이
배를 타고 바다에서 돌아오게 하소서
저 아이들이 물속에서 숨을 쉬게 하소서
저 아이들이 물속에서 돌고래처럼 헤엄치고
물위로 솟구치게 하소서
저 아이들이 땅에서 걸었듯이
물에서도 걸어서 돌아오게 하소서
저 아이들이 돌아오게 하소서
무리지어 떠들썩하게 마을로 돌아오게 하소서
깔깔대며 학교로 돌아오게 하소서
저 아이들이 아침에 집에서 나갔듯이
저녁에 집으로 돌아오게 하소서
저 아이들이 살아서 돌아오게 하소서

저 아이들이 살아서 집으로 돌아오게 하소서

# 봄날의 당신

아이들이 스케치북에 크레파스로 색칠을 하듯이
처음에는 노란색으로 다음에는 흰색으로
그 다음에는 연분홍색으로 그 다음에는 붉은색으로
그 다음에는 연초록색으로…
땅위의 여기저기에 알록달록 예쁘게 색칠을 하시는
봄날의 당신

# 산벚꽃나무 아래서

저기 딱딱하고 거무튀튀한 나무껍질 속에 무엇이 있어서
눈 시린 흰 꽃잎들을 밀어 올리는 것일까
시샘하는 바람 끝에 소스라쳐 놀라듯이 한꺼번에 흐드러진
수 천 수만의 작고 귀엽고 앙증맞은 것들!
저것들은 다만 햇살 그친 어느 한 나절의 궂은비에
우수수 다 지려고 잎새보다 먼저 서둘러 피어나는 것이냐

# 그때의 내가 지금의 나였더라면

그때의 내가 지금의 나였더라면 나는 절대로 그 사람을 멀리
떠나보내지 않았을 것을
내가 아직은 눈 어둡고 어리석어서 그것이 잠깐 동안의
이별인 것으로만 생각했을까
그 아픔이 이렇게 아물지 않는 상처가 될 줄은 짐작도 못하고
그때의 내가 지금의 나였더라면 차라리 맨몸으로 가시밭을
헤매고
두꺼운 얼음 위에 누울지라도 그 사람을 보내지 않았으리
다시 만나자는 맹세도 없이
그때 차마 한 발자국도 떼놓지 못하고 뒤돌아보며 망설이던
그 사람은 무수한 잠 없는 밤을 새우며
산보다 더 큰 슬픔을 어찌 누르고 살았을까
이제는 돌이킬 수 없는 지나간 날의 깃털 같은 나의 가벼움
이여
회한의 몸부림이여

# 검은 별봄맞이꽃

젊은 날 그가 지명수배되어 백인정권의 경찰에 쫓길 때,
남아프리카 사람들은 그를 검은 별봄맞이꽃이라고 불렀지
아래위가 이어진 멜방 달린 푸른 통바지를 입고
수염을 기르고 모자를 눌러 쓰고 그가 운전사 차림으로
차를 몰고 다닐 때는 아무도 못 알아보던 그
한 때는 잘 나가던 변호사 사무실의 문을 닫고
스스로 웨이터 잡일꾼 하인이 되어
땅을 파고 마루를 닦고 쓰레기를 치우면서 그는
슬픈 그 나라 검은 사람들의 운명을 바꾸려고 미친 듯이
어둠 속을 헤맸다네
뜨거운 그 가슴 속에 가늘고 날선 투창 하나를 품고

종신형을 받고 로벤섬 그 감옥에 다 늙도록 오래오래 갇히
기 전의
젊은 날 그가 포악한 침략자 백인정권의 경찰에 쫓길 때,
제 땅에서 노예가 된 사람들은 남몰래 엄지손가락을 치켜세
우며
그의 이름을 입을 모아서 검은 별봄맞이꽃이라고 불렀지
남아프리카의 검은 꽃 넬슨 만델라

# 내 어머니의 시

내 어머니 베틀에 앉아 하염없이 부르시던 흥얼노래가
내 어머니의 시였네
내 어머니 기나긴 밭이랑에 씨앗 뿌리고 김매시며
부르시던 흥얼노래가 내 어머니의 시였네
내 어머니 부엌에서 들에서 새벽부터 밤중까지 종종걸음
으로
한 시도 안 쉬고 일하시며 부르시던 흥얼노래가
지금 와서 생각하면 서글픈 내 어머니의 시였네
내 어머니 흙에 앉아 호미질하고 엎드려 이삭 주우시며
혼자 부르시던 흥얼노래가 내 어머니의 시였네

# 이른 봄 산길에서

무척 이른 봄날 아침에 호젓한 산길을 천천히 걷는다
아직도 응달의 여기저기 수북이 쌓인 덜 녹은 흰 눈을
밟으며
옷 벗은 키 큰 나무들이 우두커니 서있는 산비탈을
휘젓는 것은 이따금씩 푸드득 날며 우는 까마귀 소리다
저 검은 새들은 마른 숲의 외로움을 깨우려고 일부러
저렇게 우는 것일까
사람이 세상을 등지고 산다는 것은 쉬운 일은 아니겠지만,
새들이 새들끼리 어울려 마음대로 지저귀며 산 속에
사는 것처럼
뜻 맞은 친구들 서넛이 모여서 이런 곳에 숨어 사는 것도
괜찮을 것 같다
오늘도 부드러운 햇살에 바위틈의 얼음마저 녹는 것인지,
앞뒤의 계곡에서 들려오는 물소리가 유난히 맑고 곱다

# 혼잣말

사람의 말이 마음을 남에게 전하려고만 있는 것인가
마치 샘물이 차오르면 넘쳐흐르듯이 내 안에 아픔이
가득히 쌓이면
듣는 이가 없어도 혼자서 중얼거린다 나도 모르게
때로는 그것이 저절로 나오는 탄식이 아니라
오히려 곡조도 없이 혼자 부르는 노래이기를.....
입 속에서 오래 맴돌다가 문득 터져 나오는 기도소리라든지
깨달음의 말이라면 몰라도

부엌에서 자주 혼잣말을 하지 마라
외로워질라

# 너를 보내고 돌아오는 밤길에

너 이미 그곳에 닿았느냐 그곳에서 먼저 간 이들을 다
만났느냐
거기 아픔 없고 눈물도 없는 곳
너를 보내고 돌아오는 밤길에 쌓이는 눈처럼 그곳에도
하염없이 흰 눈이 내리느냐
언제나 눈부신 아침만 있고 어둠은 없는 곳
바람이듯이 그림자이듯이 언제까지나 몸 없이 사는 그곳
거기 날마다 빈손으로도 기쁘고 넉넉하게 사는 곳
그곳에서 너 처음으로 그 얼굴을 펴고 환하게 웃었느냐
너 이미 그곳에 닿았느냐
다시는 못 만나는 이별도 없고 상처도 없는 곳
마치 눈 위에 찍히는 발자국이듯이 서러운 흔적들을
점점이 남겨두고
재가 되고 먼지가 되어 아득히 보이지 않는 먼 곳으로
떠나간 너

# 내일이 나에게 마지막 날이라면

내일이 나에게 살아서는 마지막 날이라면
오늘 나는 온종일 사람들을 만나서 사랑한다고 말하리
아무것도 바라는 것 없이
산과 바다와 강과 나무와 꽃과 풀잎들에게까지도
그러다가 조금 시간이 남으면 시 한 편을 쓰리라
내가 이별하는 사람들 중에서 가장 연약하고 애처롭고
외로울 내 아내에 대하여
사람이 죽으면 그것으로 끝이라는 것을 알고 있지만,
내 영혼이 몸에서 떨어져서 다음세상으로 가는 것이라는
생각도 해봐야지
그런 뒤에 가끔씩 다시 돌아와 허공에 머물면서
내 무릎에서 자란 아이들을 지켜주고 싶구나
내일이 나에게 살아서는 마지막 날이라면
오늘 나는 온종일 모든 새 짐승들을 비롯하여 물고기와
곤충과 벌레들에게도 고마웠다고 말하리
해와 달과 별과 구름과 바람과 물과 공기, 그리고 땅과
하늘에게도

# 해질녘 어느 카페에 앉아서

내가 한 세상을 살아오면서 얻은 것은 안팎의 무수한
상처들뿐인가
그렇지만 웬일인지 내 손으로는 지나온 길들을
한 가닥도 지우지 못하겠구나
차라리 죽은 듯이 오랫동안 눈을 감을까
거친 삶의 구비에서는 어둠도 때로는 약이 되는 것
깊은 바다 속처럼 그 안에 묻히면 내 눈에는 아무것도
안보이니까
더욱이 나에게는 몸에 난 상처보다 마음에 난 상처들이
훨씬 더 많으니 얼마나 다행인가
누구에게나 아픔이 있고 그것을 누르면서 사는 것이
인생이라지만
그래도 어디쯤에서는 끝이 있어야지
앞길에서 만나는 수렁이 몇인들 무슨 상관이냐
부디 내게 남은 귀한 날들을 손톱만큼의 상처도 없고
눈물도 없이 담담하게 살아가고저

# 세모에 일산에서


어느덧 또 한 해가 저무는구나 바람 차고 눈 덮인 일산에도
잠깐 사이에 하루가 끝나고 저녁이 오듯이
마치 아무렇게나 놓여있는 돌이나 바위처럼 살고 싶었지만
사는 것이 어찌 모두 내 마음대로 되던가
그래도 몸 하나로 밥보다 더 귀한 것들을 찾아 헤맸으니
조금도 후회는 없다
지금에 와서 내가 무엇을 차마 못 내려놓을까
비록 뚜렷이 이룬 것도 없지만 더 이상 바라는 것도
별로 없으니 내 마음이 가볍다
부디 오는 해에는 누군가에게 사랑을 주지 않는 날들이 줄
고
걱정 없는 날들이 많아지기를 바라는 것만을 빼 놓고는

# 내가 당신을 잊고 사는 까닭은

내가 당신을 잊고 사는 까닭은 당신이 공기이기 때문이지요
한 순간도 못 마시면 내가 죽는 공기
내가 당신을 잊고 사는 까닭은 당신이 물이기 때문이지요
한 순간도 내 몸 안을 적시지 않으면 내가 죽는 물
내가 당신을 잊고 사는 까닭은 당신이 햇살이기 때문이지요
당신이 없으면 내가 이 몸으로 살아갈 수 없는 햇살
나는 당신이 언제나 나와 함께 있음을 깨닫지 못하고
까마득히 당신을 잊고 살아요
날마다 나를 일으켜 세우고 움직이게 하는 이
여기 아득히 먼 곳에까지 공기와 물과 햇살로 와서 나를 살
리는
무한하고 영원한 당신을 잊고 사는 까닭은
내가 한 낱의 모래나 먼지 같은 아주 작고 어리석은 영혼이
기 때문이지요

# 나의 행복

이 추운 날 길 위에 눕지 않는다는 것만 하여도 나에게는
행복이라고 하자
오늘도 굶주리지 않고 등 따뜻이 잠잘 곳이 있다면
나는 행복한 사람이다
변함없이 적수공권이지만, 악한 때를 만나 죄도 없이
어디론가 끌려가서 매를 맞고 거꾸로 매달리지만 않는다면
나는 행복하다
지금에 와서 내가 또 무엇을 이루고 싶어 한단 말인가
오순도순 밥상 앞에 둘러앉은 식구들이 있고
거기에다가 아이들의 웃음소리까지 보탠다면 나는 왕보다
더 행복한 사람이리
아직은 몸이 성하고 마음 안에 상처가 덧나지 않았으니
내 그림자를 나 혼자 밟을지언정 쓸쓸하고 외롭다는 것은
나에게는 사치다
잎 다 진 나무들 사이에서 시린 눈시울을 닦는 일마저도
모든 슬픔의 기억들을 오래 전에 벌써 지웠느냐
드높은 담장 너머 좁고 어둔 방 찬 마루 위에
언 몸으로 뒤척이지 않고
이 추운 날 밤에 서둘러 돌아갈 곳이 있다는 것만 하여도

나에게는 행복이라고 하자

# 그 많던 슬픈 새들은 다 어디로 갔을까

바람도 없는데 강물 위에 물결이 일듯이 내 마음에도
물결이 출렁이네
나를 흔드는 것은 없지만 나는 쉴 새 없이 흔들리고
내 마음에는 깊은 상처들이 있네
길에서 바스러지고 빗물에 녹는 가랑잎 같이
나의 꿈들은 사라지고 나는 지금 빈들에 홀로 서있네
그 많던 슬픈 새들은 다 어디로 갔을까
발자국도 없이 떠나간 새들의 영혼이 나를 부르네
단 하루도 잊을 수 없는 이를 살아서 다시 만나리라고
믿고 기다린 나의 보람도 무너졌으니
내 안에는 아득한 허공뿐이네
이 세상에 없는 것만 찾아 헤맸음을 후회하지 말자
아무것도 아닌 것에서 시작하여 아무것도 아닌 것으로
끝나는 그림자여 먼지여
늦은 가을날 저물녘에 일찍이 어둠이 내리듯이
내 마음 속에도 어스름이 내리네
무대 위에 불이 꺼지고 소리도 없이 장막이 닫히듯이

# 가을비를 맞으며

비가 오고 바람이 불고 잎이 지고 내 마음이 서글프다
이미 아득히 지나온 길을 돌아보면 무엇하리
굽이굽이 쓰리고 아픈 회한뿐인 것을
차라리 내가 겪은 우여곡절의 흔적들을 깨끗이 지울까
하나같이 흠집 나고 구겨진 기억들까지도
사람이 산다는 것은 밤길을 가는 것과 같은지도 모른다
아직도 내 눈으로는 한 치 앞을 볼 수 없으니까
싸늘한 이 가을비 속에서 발끝에 밟히는 것은
사금파리 같이 부서져 흩어진 꿈의 조각들....
우수수 잎이 지고 바람이 불고 비가 오고 내 마음이 몹시
쓸쓸하고

# 누군가를 특별히 사랑한다는 것은

사람이 살아서 누군가를 특별히 사랑한다는 것은 축복이다
한여름 나뭇잎들이 뙤약볕 아래서도 쉬지 않고 치열하게
초록빛을 내뿜듯이
온몸으로 지극히 사랑할 사람이 없다면 그 삶은
아무것도 아니다
어쩌면 그것이 마치 타고난 운명인 것처럼
영혼까지 남김없이 태우는 불길 같은 사랑이고저
숨을 쉬고 있는 동안에는 하루 한 시도 잊을 수 없는
눈물겨운 한 사람
그런 누군가를 인생을 걸고 뜨겁게 사랑한다는 것은 축복
이다
그러다가 어느 가을날 저녁 찬바람에 떨어져 땅에 눕는
가랑잎이 된다고 하여도

# 언젠가 내가 죽어 누워있을 때

언젠가 내가 죽어 가만히 누워있을 때
누가 나를 부른들 그 어찌 대답할까
넋이 있다면 차라리 그림자도 없이
향기처럼 머무를지 몰라도
누가 나를 흔들어 깨운들 어찌 눈을 뜰까
가을바람에 풀잎들이 누렇게 시들 듯이
내가 죽어 가만히 누워있을 때
여기저기 남은 흔적들은 다 무슨 소용인가
나를 위하여 관을 짜지 마라
어차피 재 되어 허공에 흩어질 터이니
아무도 눈물짓지 마라
그동안에 끊임없이 나를 에워싼 시간들은
이미 나의 것이 아니고
내 몸을 묶던 사슬은 끊어졌으므로
다시 못 오는 작별을 즐거워하려무나
언젠가 내가 죽어 나무토막처럼 가만히
누워있을 때

# 원당역에서

산다는 것은 꿈을 한 가닥씩 버리는 일인지도 모른다
마치 가을나무들이 붉게 물든 잎사귀들을 차례로 떨어뜨리
듯이
그래도 가슴의 깊은 곳에 있는 상처들은 세월의 물결에도
쓸려가지 않는 것인가
사람이 굳이 무엇을 이루기 위해서만 세상에 온 것은 아니
겠지만
한 평생을 살면서 아무것도 제대로 이룬 것이 없다면
너무나도 서글프다
심지어는 남들도 다 맺은 흔한 사랑 한 가지마저도
그렇다고 어둔 굴에 혼자 숨어서 절망하지 말자
죽지 않고 살다보면 또 다른 꿈들이 우연히 찾아오고
그것이 뜻밖에도 생시가 되는 날이 있을 터이니
이미 지나간 전차를 놓치고도 언제인가는 덜커덩거리며
플랫폼으로 다시 들어올 다음 전차를 무작정 기다리고 서있
는 사람들처럼

# 꿈속에서 들은 말

어젯밤 꿈속에서 누군가가 문득 내게 말했네
허허 지나간 모진 세월을 다 잊어버리게 허허허
내게 말하는 그의 모습이 보이지 않아서
누구인지 나는 알 수 없었지만,
그의 말을 듣고 깜짝 놀라서 나는 잠에서 깼네
오늘 하루 온종일 그의 굵은 목소리와 헛웃음소리가
내 귓전에 살아서 생생히 맴도네
허허 지나간 시절의 아픔들을 다 지워버리라구
허허허
그렇지만 어찌할 것인가
아무리 생각해봐도
여기저기 내 안에 쌓인 상처들을 지우려다가
오히려 그것들을 무성히 덧나게 할 것만 같으니

# 인생은 짧다

사람이 죽어서도 죽지 않는다면 몰라도
그렇지 않다면 다 죽고 또한 죽으면 끝이다
죽는 순간에 아무것도 아닌 것이 된다면
식사가 끝난 뒤의 빈 그릇들과 같이
죽음 뒤에는 또 다른 삶이 없는 것이라면
사는 동안에는 대게 무심코 지내는 일이지만
사람으로 땅 위에 살아있는 날은 길지 않다
죽어서도 사람의 삶이 끝나는 것이 아니라
해가 졌다가 아침에 다시 솟아오르듯이
끊이지 않고 이어진다면 몰라도
가을 풀들이 시들고 찬 빗물에 녹을지라도
봄에는 무성하게 새잎으로 돋아나는 것처럼
죽어서도 죽지 않고 살 수 있다면 몰라도

# 7월의 시

하늘 아래 사는 모든 것에게는 영생불사는 없다
이 여름 숲을 이루는 무수한 초록 잎들도 때가 되면
흔적도 없이 사라지듯이
멀리 지나간 시절의 사람들 중에 그 누가 지금까지
남아 있느냐
영원한 시간의 바다에서는 사람의 한 평생이란
다만 물 위에 잠깐 스치는 새 그림자와 같은 것
그러므로 잊지 마라, 네가 처음에는 먼지였고
흙이었으며 아무것도 아니었던 것까지도
아무리 우연일지라도 네가 여기에 사랑하려고 왔다면
오로지 사랑하다가 부서지고 으스러져 죽을 일이다
사람으로 산다는 것이 굳이 무엇을 그릇에 가득히
모으거나 남기려는 것이 아니라면

# 혼자 밥 먹는 사람

혼자 밥 먹는 사람에게 복이 있으라
밥숟가락을 들 때마다 목이 메이고
죽고 싶다는 생각이 들지 않도록!
흰 밥 한 입도 모래알 같고 김치 한 가닥도
나무껍질 같은가
거친 하루를 끝내고 돌아와서 먹는
눈물에 만 찬밥 한 덩이가 희망이라면.....
사랑이란 함께 있는 것이라고 했던가
혼자 앉은 밥상 앞은 사막이니
오직 살아있다는 까닭만으로
배가 고프기보다는 마음이 허기져서 먹는 것
아무도 없는 어스름 깔린 마루에서
혼자 밥 먹는 사람
그 외롭고 쓸쓸함이 오히려 남이 모르는
기쁨이기를

# 내 친구 이문구는 지금

일찍이 위암으로 죽은 내 친구 소설가 이문구는
죽으면 대천 관촌리 고향동네 뒷동산에 뿌려달라고
말했지
그래서 그가 죽자 그를 불태워 가루로 만들어 들고
관촌리로 내려갔지
그 시골동네 관촌리 그가 어렸을 때 뛰어놀던
뒷동산에는 키 큰 소나무들이 놀란 듯이 우두커니
줄지어 서있었지
그 소나무 숲 그늘에서 모두들 또 한 번 길게 흐느꼈지
그리고 나서 그의 재를 소나무 그루터기 여기저기에
손으로 뿌렸어
눈앞이 안보이게 눈물범벅이 되어서
그날 밤에는 잠도 못 이루고 그 이튿날에는 온종일
비가 내렸지
관촌리 뒷산에 뿌린 그의 재 흰 가루가 다 쓸려갈 만큼
그는 그렇게 빗물을 따라서 바다로 갔지
관촌리 소나무 숲을 뒤에 두고 넓은 바다로
지금 내 친구 소설가 이문구는 대천 앞바다에 살지
사람 좋은 그 친구 구수한 입담으로 파도들과 잘도

어울리면서

# 꽃들에게 물어봐?

꽃들의 가슴 속에도 아픔이 있을까
바람에 흔들리며 들에 핀 꽃
꽃들도 그 가슴 속에 슬픔이 있을까
꽃들도 그 가슴에 그늘이 있을까
지우려고 애를 써도 지워지지 않는
상처라든지 흉터 같은 것,
넘치는 눈물이 있을까
아무에게도 말 못할 깊은 가슴 속의
말이 있을까
꽃들에게도 가슴에 먹구름이 있을까
눈앞이 캄캄하여 그 자리에서
흔적도 없이 사라지고 싶은 생각이
꽃들에게도 있을까
아무도 보는 이 없을 때에는
꽃들도 길게 한숨을 쉴까
어둠 짙은 밤이 오면 들의 꽃들도
혼자 남은 사람처럼 춥고 외로울까
꽃들도 때로는 죽고 싶을까 잠자는 듯이
꽃들에게 물어봐?

# 내가 저녁놀이라면

내가 먼 들녘 끝의 검고 푸르스름한 산등성이들 너머로
한 순간 붉게 타다가 사라지는 저녁놀이라면
너는 잠든 바다를 가르며 갑자기 솟아오르는 아침햇살이다
아직은 그때가 언제일지는 전혀 아무도 모르겠지만,
내가 살아서 다시는 보지 못할 것들과의 작별이라면
너는 다만 이 세상에 몸으로 온 것만으로도 기쁨이 되는
놀라운 만남이다
내가 우거진 풀잎 사이 녹슨 철길만 무심히 누운,
인적도 없고 이름마저 지워진 산골짜기의 폐역을 굽어보는
늙은 미루나무라면
너는 잎마다 일일이 쓰다듬고 지나가는 바람결이다
돌아보지 않으마, 사람은 누구나 어디론가 홀로 떠난다
오래 전에 내가 마치 이곳에 무척 우연히 오던 때처럼
온 하늘에 가득히 먹구름이 덮여서 밤 같은 낮이 될지라도

# 희망이 잠깐 내 안에 들어왔다가

어떤 희망이 내 안에 잠깐 들어왔다가 나가는구나
마치 옷깃을 스치며 가볍게 지나가는 바람결 같이
긴 장마 틈에 한 나절 파랗게 열리는 하늘 같이
희망이 잠깐 내 안에 들어왔다가 까닭도 없이
어디론가 사라지는구나
지나간 날들처럼 그늘보다 짙은 어스름만 남기고
이미 다 시들어서 땅에 진 마른 꽃잎들만 남기고
희망은 마치 나에게 올 때처럼 갑자기 사라지는구나
단 한 번 밀물처럼 소리 없이 밀려왔다가는
다시는 돌아오지 않을 듯이 서둘러 가는 썰물처럼
어느 시골역의 플랫폼에 무심코 내려왔다가는
금방 잘못 내린 것을 깨닫고는 황망히 다시 기차에
오르는 이름 모를 나그네처럼

# 압록강 생각

그 강가에 다시 가리 머나 먼 그 강가에 내가 다시 가리
내가 가서 그 강 건너 줄줄이 늘어선 키 큰 미루나무들 같이
이쪽에 서서 저쪽을 보는 것이 아니라 저쪽에 서서
이쪽을 보리
그 강가에 다시 가리 천 리 만 리 끝도 없는 남의 들판
옥수수 밭을 지나 내가 가리
이 가슴에 불을 안고 내가 다시 가리
내가 가서 그 푸른 물에 흐느적이는 물풀이나 될까
여기저기 무심코 오고 가는 작은 새나 될까
차라리 내가 햇살이라면 좋겠네 밤에도 아무 곳이나 다 비추는
달빛이라면 더 좋겠네
그 강가에 내가 다시 가리 내가 가서 넘치듯이 흐르는
압록강 서글픈 그 강물 위에 잔물결을 이루는 바람이 되리

# 마가렛꽃밭 주인 이상은씨

진도 임회면 상만리에는 꽁지머리 한 사내가 살고 있지
이십여 년 전에 폐교를 사서 담쟁이 넝쿨로 덮고
운동장에는 수 천 수만의 마가렛 흰 꽃잎을 피우는 이
사람마다 사는 것이 다르겠지만 거기 별나게 사는 사람
천생 왼손잡이도 아니면서 왼손으로만 그림을 그리는,
아이들의 낙서 같은 그림으로 시를 쓰는 그림쟁이
나무껍질 같이 거칠어진 그의 손을 잡아본 사람은 알지
그는 남들처럼 붓으로 그림을 그리는 것이 아니라
닥종이에 돌가루를 손바닥으로 문질러서 그린다는 것을
화랑이 된 교실마다 가득히 걸린 그의 그림들은 동화의 나
라
환갑이 훨씬 넘은 그가 꿈꾸는 그윽하고 티 없는 세상
알프스 산중턱에 핀다는 마가렛꽃 씨앗을 뿌려서
눈부신 꽃의 바다를 만들어 놓고는 꽃들과 속삭이는 그
마가렛 흰 꽃잎들이 해바라기처럼 해를 따라다니고
바람이 불면 모든 꽃잎들이 하늘하늘 춤추는 것을 보라고
말하면서
환히 웃는 키 작은 한 사내가 그곳에 혼자 살고 있지

# 참 바쁘신 당신

검은 흙 속에서 푸르른 풀잎들이 돋아나고
단단한 나무껍질에서 흰 꽃잎들이 터져 나오는 것을
다시 보게 하시는,
세찬 바람과 눈비가 그치고
깃털보다 더욱 부드러운 햇살이 쉴 새 없이 내려서
모든 잎들을 한꺼번에 움트게 하시는,
벌레란 벌레들은 다 움직이고 새들도 부지런히 날며
여울물은 여울물대로 반짝이게 하시는,
심지어는 사람의 마음속까지 일일이 들여다보며
입김을 불어서 유리창을 닦듯이 먹구름을 거두시는
봄날의 참 바쁘신 당신

# 개나리꽃

두 손목에 수갑을 차고 열두 발 푸른 줄에 묶여서
내가 서대문감옥에서 청주감옥으로 이감 갈 때
호송버스 차창 틈으로 얼핏 보이던 그 꽃
봄4월 하루아침에 왁자지껄 다시 피는 수 천 수만의
서글픈 샛노란 꽃잎들

# 한 번뿐인 인생

날은 저물었다가 밝아지고 꽃들은 졌다가 다시 피지만,
사람이 숨을 쉬고 사는 것은 단 한 번뿐
어느 누구에게 죽음을 넘어 또 다른 죽음이 있다던가
사랑하려고 이 세상에 태어났다면 모든 것을 남김없이
사랑해야지
햇살에 반짝이는 잔물결에서부터 모래알이나 흙먼지까지도
이미 먼 길을 떠난 이들 아무도 돌아오지 않으니
여기 타고 남은 흰 재로 물 위에 뿌려진들 무슨 상관일까
앞도 뒤도 없는 시간 속에서 순간을 살지라도
사람마다 지워지지 않는 흔적을 남기기를....
산자락을 에돌아 흐르는 여울물이 수풀을 적시고
몸을 던지듯이 지는 해가 하늘을 붉게 물들이는 것처럼

# 그는 오늘 괴로움의 바다를 건넜다

그는 오늘 괴로움의 바다를 건넜다
마치 긴 터널 끝에 다다른 것처럼
애초부터 그의 길은 돌 자갈 가시밭길이었다
사람으로 사는 동안에는
당연히 그래야 하는 것 같이
이 순간 이후로는 이 세상의 어느 곳에도
그는 없다
지금까지는 모든 것이 그 아닌 것이 없었을지라도
그는 이미 아무것도 모르겠지만,
그는 깊이 모를 어둠 속에 스며들었다
사람이 먼지에서 와서 먼지로 돌아가기가
왜 이리 고달픈가
그렇지만 그는 용케도
괴로움의 바다 건너편에 닿았다
작은 배 한 척이 길고 험한 표류 끝에
비로소 낯선 섬 자락에 닿은 것처럼

# 또 다른 오늘

나는 지금도 사람으로 산다는 것이 무엇인지 잘 모른다
참으로 우연히 이 별에 홀로 왔다는 마음밖에는
어쩌면 나의 몸은 허공을 떠도는 티끌이며 재일뿐
더욱이 어느 눈에도 보이지 않는 나의 영혼까지도
언제나 이 순간은 나의 것이고 모든 내일은 그의 것이라
내가 사는 이 별의 바깥, 은하계 밖의 은하계,
그 밖의 은하계에도 시간은 있는가
영원 속에서 모양이 있는 것들이나 없는 것들이나 낱낱이
움직이면서도 움직이지 않게 하는 것은 오직 그의 힘
그럼에도 불구하고 나는 생각으로 세상을 밝히려고
거듭하여 다짐했지만,
아무것도 못 이룬 다음에도 무엇을 바란다니……
마치 죽었다가 다시 사는 것같이 날마다 또 다른 오늘을
살아야겠다

# 눈 온 뒤에

언제나 이렇게 눈 쌓인 흰 세상이라면 좋겠네
아무 발자국도 없는 눈부신 흰 세상
그 어떤 아픔도 슬픔도 전혀 없는 곳
가슴 떨리는 애틋한 그리움만 있고 기다림만 있고
모든 시간들이 흐르다가 문득 머무는 곳
허겁지겁 지나온 멀고 아득한 길,
돌아보면 무엇하리
새 우는 소리만 있고 반짝이는 햇살만 있는
언제나 고요한 흰 세상이라면 좋겠네
갈 길은 멀고 산은 높아도 무엇을 염려할까
언제나 이런 흰 세상이라면 눈 쌓인 흰 세상이라면
흰 나무들 무성하고 흰 꽃잎들 피었다가
시들지 않았으면 좋겠네
흰 꽃잎들 스스로 시들지 않았으면 좋겠네
언제까지나 변하지 않는 흰 세상이라면 좋겠네

# 아무 생각도 없이

내 마음 속에서는 무슨 생각들이 이렇게도
꼬리에서 꼬리를 물고 이어지는 것이냐
벗은 나무들이 겨우내 꼼작도 않고 서 있듯이
아무 생각도 없이 세월을 보내고 싶다
고요한 아침 강가의 안개와 같이
나도 모르게 어디에선가 벌써 얼음이 풀리고
봄이 오고 있는지도 모르리
흙이란 흙은 다 부드러워지고 풀뿌리란 풀뿌리는
다 눈을 뜨고
깊이 잠든 숲을 깨우면서 산새들도 울까
마치 땅에서 솟는 샘물인양
내 손으로는 누르지 못할 온갖 생각들이
살아서 나를 붙들고 흔드는구나
작은 모래알들이 모여서 사막을 만드는 것!
내 안에 겹겹이 쌓인 생각의 높은 산을 넘어서
홀로 아득히 머물고 싶다
눈 시린 흰 눈밭처럼 비어있고 티 없는 곳에

# 나의 흔적

내가 살아온 흔적은 흰 눈 위에 찍힌 발자국들과 같고
바닷가의 모래밭에 그린 그림과 같고
여울물 위에 떨어지는 빗방울들의 물결무늬와 같고
수북이 쌓인 마른 잎들을 날리며 지나가는 바람결과 같고
잠깐 비추는 햇살 아래 어른거리는 나무그림자와 같고
타고 남은 재와 같고 흙먼지와 같고 물거품과 같으니
이 일을 어찌할 것인가
아직도 내가 어디에서 왔으며 어디로 가고 있는지조차
모르면서

# 사과를 깎으며

세상의 어느 것 하나도 우연히 오가는 것은 없다
바람에 흩날리는 지푸라기 흙먼지까지도
내가 이 별에 잠깐 동안 왔다가 가는 것이
결코 우연이 아니듯이
어느 붉은 꽃잎 하나도 우연히 붉은 것은 없다
지금 내가 깎는 사과의 흰 살이 우연히 사과 속에
가득히 차 있는 것이 아니듯이
내 곁에 머무는 시간들도 마치 강물처럼
영원의 바다에 닿을 수 있을까
그 큰 손으로 모든 운명의 집을 짓고 허무는,
어디에나 있고 어디에도 없는 이
그가 만든 무수한 사물들 중에 어느 것 하나도
우연히 오가는 것은 없다
언제인가는 숨이 다하여서 내가 넋만으로 그에게
돌아가는 일까지도

# 용미리 처남

어느 날 갑자기 내 손위 처남이 용미리로 이사를 갔다
재가 되어 나무상자에 담겨
아직은 뿌리도 덜 내린 사람 키보다 작은 소나무 밑으로
그는 그곳에 가자마자 붉은 흙에 버무려져서
고스란히 땅 속에 묻혔다
아무렇지도 않은 듯이
그리고 그 날 따라 유난히 그가 묻힌 잔디 위에 햇살이
못으로 쏟아졌다
먼 산 가까운 산들이 줄지어 그를 에워싸고
셀 수도 없는 수많은 이웃들이
그 산비탈에 그보다 훨씬 먼저 와서는 그가 짐 하나도 없이
그곳으로 이사 오는 것을 반기고

# 남은 길

내가 지금까지 살아온 길이 이제 다 보이는구나
하루하루 살아남으려고 얼마나 치열하게 달려왔던고
때로는 고르고 때로는 가파른 길이 아니라
굽이굽이 줄곧 가시밭 돌 자갈 진흙탕길
그 길은 처음부터 내 앞에 손금처럼 새겨져 있었던 것일까
흔히들 사는 것 같이 살려고 사는 것이라는데
마치 나는 죽으려고 사는 것 같이 살아왔다니.....
나의 길이 얼마쯤 남아있는지는 전혀 모르겠지만
오늘 내가 원하는 것은,
짐을 부리듯이 이것저것 내려놓고 가는 마지막 길
이 길만은 눈앞도 안 보이게 눈비바람 치고
곳곳이 허물어지고 깊이 파인 어둔 길이 아니기를

# 가랑잎같이

비가 오고 바람이 불고 잎이 지고
사람들은 떠났다
마치 시든 꽃잎이듯이
무엇이거나 때가 되면 흔적도 없이 사라지고
처음부터 없었던 것처럼 잊혀지리
흔히들 말하기는 또 다른 시작을 위하여
끝이 있다고 하지만,
잎이 진 자리에 새잎이 나는 것과는 달리
누구나 단 한 번 잠깐 동안 이 세상을
스쳐가는 나그네
무슨 미련이 있을까 이미 다 내려놓고 가는 길
겹으로 땅에 누워 바스러지고
스스로 녹아 물이 되는 가랑잎같이
숨을 쉬거나 그렇지 않거나 상관없이
사람의 몸이란 어쩌면 바람이며 그림자이며
먼지일 뿐인 것을

# 들국화에게

나뭇잎이 우수수 떨어지는 산비탈에 호젓이 핀
너의 모습이 애처롭구나
잎들은 오는 봄에 또다시 새잎을 돋게 하려고
서둘러서 진다지만,
너는 왜 무엇이 그리 느긋하여
서리 내리기를 기다려 이제야 살며시 핀다더냐
이미 꽃으로 피어나고 싶은 모든 꽃들이
줄지어 피었다가 진 뒤에 홀로 피는 너
찬바람 속에 흩뿌리는 진한 향기는
누구를 위하여 부르는 절절한 너의 노래더냐
여기 고요하고 잔잔한 숲길을 거니는 고운 이들이
꿈 한 자락씩 내려놓는 것을 보려고
발자국소리도 없이 가만히 오는 것인가
붉고 노란 가랑잎들 곁으로 누운
아무도 없는 산비탈에 피어있는 너, 들국화여

# 오륙도 안부

너희들 아직도 거기에 있느냐
하염없이 물 끝을 바라보면서 누구를 간절히 기다리느냐
날이면 날마다 산 같은 그리움을 안으로 삭이며
집 없고 길을 잃은 아이들 같이 너희들 그 바다에
호젓이 모여 있느냐
밥은 먹었느냐 잠은 잤느냐
새도 그치고 바람이 부는데
너희들 서로 등 기대고 아직도 거기에 앉아 있느냐
저 혼자 아프게 부서지는 푸른 물결 희부연 물안개 속에

# 저녁놀처럼

해 아래 무엇에게나 영생불사는 없다
그 중에서도 흙에서 나고 물로 된 것이라면 더욱이
네 삶의 천신만고가 네 마음을 무쇠같이 단단하게
만들었을지라도 네 몸은 변하는 것
가을볕에 시드는 풀잎, 흩날리는 나뭇잎들에게서
시작과 끝이 하나임을 배울 일이다
어느 곳에든지 아무 흔적도 남겨 두지 마라
비록 그것이 네가 흘린 진한 눈물자국이라고 하여도
언제인가는 얼룩마저 씻은 듯이 사라지고 마느니
너는 누구를 위하여 한 평생을 살아왔느냐
저녁놀처럼, 네게 아직도 사랑의 마음이 남아 있거든,
아낌없이 땅 위에 쏟아놓고 가기를……

# 꽃의 외로움이 나를 울리네

유난히 고운 꽃의 외로움이 나를 울리네
문득 부는 찬바람에 다친 꽃잎들이
누렇게 마른 옥수수 잎사귀들이
옥수수 잎사귀들에게 꽂히는 눈 시린 햇살이
땅에 떨어져 바스러지는 가랑잎들이
무척 붉은 저녁놀이, 저녁놀을 등지고
줄지어 날아가는 새들의 울음소리가
별도 없는 깊은 밤, 서쪽 산등성이에 걸린
기우는 그믐달이
풀숲에 숨어서 우는 풀벌레 소리가
흐느끼듯이 밤을 새워 우는 풀벌레 소리가
나를 울리네
꽃의 외로움이 나를 울리네
찬바람에 다친 꽃잎들이
어디인지도 모르는 아득한 곳,
다시는 못 돌아오는 곳으로 떠나간 이들의
흔적들까지도

# 비바람에 관하여

어디에서 오는 것인지도 모르겠지만
세찬 비바람은 칙칙한 여름 숲을 흔들고,
어디에서 오는 것인지도 모르겠지만
서글픔은 내 가슴 속의 깊은 곳까지
휘젓는구나
내게 남은 모든 날에
우연히 내 몸과 마음을 스쳐가는 것들이
나뭇가지를 부러뜨리고 산비탈을 허무는
세찬 비바람이 아니라,
마치 여린 꽃잎에 가만히 스치듯이
아무도 모르게 잠깐 왔다가 사라지는
보드라운 바람의 끝자락이기를
날은 저물고 쓸쓸히 혼자 걷는 내 곁을
무심코 지나가는 낯선 사람들처럼

# 어느 여름날 아침에

깃을 치며 거듭하여 우는 닭 우는 소리가
나를 깨운다
내가 혼자 뒤척이며 잠꼬대하는 소리가
숨을 들이쉬고 내쉬는 소리가
일찍 일어난 아내가 부엌에서 달그락거리는 소리가
풀잎들이 부시시 고개를 드는 소리가
매미 우는 소리가
창문 앞에 와서 우는 까치 소리가 참새 우는
소리가 개구리 소리가 나를 깨운다
길을 떠나는 사내들의 차바퀴 소리가
개 짖는 소리가
아이들이 뛰어노는 소리가
아낙네들이 아이들의 이름을 부르는 소리가
밭이랑에 화살처럼 꽂히는 빗줄기 소리가
부지런한 농부의 괭이질소리가
옥수수 잎사귀들이 서로 스치는 소리가 나를 깨운다
해는 불타고 너무나도 커서 내 귀에는 들리지 않는
지구 돌아가는 소리가
이슬방울들이 흙 위에 떨어지는 소리가

붉고 흰 꽃잎들이 다투어 피어나는 소리가

# 그때는 내가 왜 그랬을까

그때는 내기 왜 그랬을까
내 손으로 그의 옷소매를 붙잡을 수도 있었을 텐데
뿌리치며 떠나는 그를 우두커니 바라보고만 있었다니
다시는 못 돌아오는 곳으로 아득히 그를 보내놓고도
긴 세월을 나 혼자서도 견딜 수 있다고 믿었다니
눈비바람에도 꺾이지 않고 언덕에 홀로 선 나무이듯이
내 몸 하나로만 사는 것으로 알았다니
그때는 내가 어쩌다가 그랬을까
아무 생각도 못하는 사람인 것처럼

# 언제나 내 곁에 함께 있었던 것처럼

내 삶 속에 비바람치고 물결이 높을 때
끝도 없는 먼 바다 한가운데 홀로 떠돌 때
달도 없고 별도 없는 어둔 밤
칙칙한 수풀에서 길을 잃고 헤맬 때
어딘지도 모르는 곳으로 끌려가서
죽도록 매를 맞고 쫓기며
숨어서 허겁지겁 벼랑 끝을 걸을 때
뜻을 나눈 이들 간 곳도 없이 흩어지고
내 이름마저도 모래 위의 발자국처럼
바람결에 지워질 때
눈물로 쌓은 꿈의 탑은 한 순간에 무너지고
눈앞이 캄캄할 때
그가 왔다 기척도 없이
언제나 내 곁에 함께 있었던 것처럼

# 흉터

내 안에는 아직도 크고 오래된 흉터들이 있다
겨우내 죽은 듯이 숨었다가 다시 피어나는 새순들처럼
이미 아득히 지나간 시절의 아픔들이 어찌하여
다시 살아서 내게 오는가
푸른 하늘을 갑자기 가리는 먹구름처럼
물 위에 파문을 그리는 굵은 빗방울들처럼
지금도 수시로 내 마음을 휘젓고 때리는 것들이 있다
온갖 유혹에 나 홀로 맞서고 눈물로 수많은 밤을
보냈을지라도
이 가슴 속 깊은 곳의 상처들을 아물게 하지 못하였구나
차마 남들은 미처 짐작도 못하는,
내 안에 아직도 지워지지 않은 흉터들이 있다
마치 바위에 새겨진 옛 사람의 글처럼
얼음산이 지나가서 파인 자리가 강이 된 것처럼

# 유명산 물푸레나무가 나에게

이곳 깊은 산골짜기 초록의 바다에서는 모두가 친구라네
흉허물 없는
키 큰 잣나무 작은 풀잎, 산나비, 흰 구름 한 조각마저도
참 맑은 여울물에 떠내려가는 산꽃잎에서부터
비스듬히 쓰러져 누운 나뭇등걸 뒤로 숨는 다람쥐,
부지런한 산비둘기, 까마귀들도 모두가 한 식구인 것을
이곳에서는 너나없이 비가 오면 비를 먹고 비 안 오면
이슬을 먹지
돈을 주고 사는 것은 아무것도 없다네
때가 되면 도토리 밤송이 개복숭아도 저절로 익으니까
이곳에서는 모두가 이웃이라네 눈이 오면 다 같이
눈에 덮이고 바람이 불면 다 같이 바람에 흔들리지
그윽한 새벽녘 이른 아침이면 산안개 속에 가만히
묻혀 있다가 해가 뜨면 다 함께 화들짝 햇살에 반짝이지
무척 너그러운 산, 검푸른 숲속, 이곳에서는 모두가 친구라네
아름드리 구부정한 늙은 소나무에서부터 무성한 칡넝쿨,
고사리, 억새, 송장메뚜기, 산천어, 붉은 흙, 모래알에
이르기까지
누구나 위아래도 없이 한결같이 마음으로만 말하면서 사는

고즈넉한 이곳에서는

# 어쩌다가 우연히

어쩌다가 우연히 낯 모르는 사람과 사람이 서로 만나서
지우기 어려운 필연을 만들어 가듯이
부드러운 바람결이 자취도 없이 지나간 검은 나뭇가지에
문득 희고 붉은 여린 꽃순이 뾰족이 솟아나오듯이
앞산마루 위로 해 오르기 전에 부지런히,
휘어진 긴 풀잎 끝에 이슬방울이 유리알처럼 맺히듯이
나에게 시가 왔다
어느 맑은 날 꽃잎 위에 한 마리의 나비가 잠시 앉았다가 떠
나고
그리고나서는 그 자리에 열매가 열리듯이

# 사포강

내 어머니 잠드신 밭 언덕에 배롱꽃 들국화가 흐드러지겠네
오늘도 물때가 되면 칠산바다 조깃배들이 삐걱대며 올라
올까
그 강물 잔물결이 온종일 은빛으로 반짝이겠네
내 어머니 머리에 바구니 이고 두 팔을 휘저으며 오가시던
고라실 들길
지금은 앞산 그늘만 무심히 내려오겠네
옛집 뒤뜰에는 동백이 익고
감나무 가지마다 힘에 겨워 휘어질 때,
장독대 옆 탱자울타리에는 뱁새들만 일없이 지저귀겠네
해질녘 강 건너 먼 산허리에는 불같이 노을이 지고
내 어머니 김매시던 당너머 긴 밭가에 혼자 남은 허수아비
쓸쓸하겠네

# 아무렇지도 않은 듯이

가슴 안에 설움이 가득히 차 있어도
겉으로는 아무렇지도 않은 듯이
온몸의 깊은 상처 가로세로 어지러워도
겉으로는 아무렇지도 않은 듯이
낙심으로 수많은 날들을 가위눌리고
끝나지 않은 기다림에 지쳐 있어도
남 보기에는 아무렇지도 않은 듯이
속으로는 아픔이 쌓여서 산 같을지라도
그 사람,
겉으로는 아무렇지도 않은 듯이
언제나 지그시 웃으며 나에게 왔다
하루에도 몇 번씩 숨어서 울고
제 마음을 저 혼자 누르다가도
겉으로는 전혀 아무렇지도 않은 듯이

# 송자외전 宋子外傳

그를 아는 사람은 알겠지만, 그는 벌교장터에서
홀어머니의 좌판을 발판삼아 천둥벌거숭이로 자라났지
그러다가 글쟁이나 되어볼까 하고 서울의 한 대학교
문창과에 들어갔는데,
그 무렵 흑석동 연못시장 주변을 누비면서 주야장취
술 마시고 놀던 시절이 아마 그에게는 전무후무한
전성기였을 거야
거기에서는 제 또래 친구들은 물론이고
여자애들에게까지도 그는 인기를 한 몸에 모았으니까
그렇게 그는 은근히 매력이 있었어
가무잡잡 생긴 것에 비해서는 영혼이 너무 맑았지
그러다가 천안 어디에선가 자전거포를 하는 아버지를 둔
어여쁜 동급생에게 사로잡혀서 끈질긴 연애를 하고
결혼도 했어
그렇지만 그 당시는 시국이 시국인지라 세상이 그를
가만둘 리가 없었지
그래서 그는 학교에서 정치군부에 맞서는 주동자가 되었고,
그 이유로 내란음모죄로 몰려 군인들에게 잡혀가서
흠씬 두들겨 맞고 육군형무소에 오래 갇혔어

그리고 아뿔싸, 그가 어둔 감방 속에서 쓸개를 씹던
어느 날 밤에 그의 늙은 어머니가 아들의 이름을 애타게
부르다가 혼자 숨을 거두었어
화성 월문리의 아무도 없는 외딴 집에서 목을 매고
이런 그의 상처들이 결국에는, 그의 시와 소설에
버무려져서 읽는 이들의 마음을 크게 죄고 흔들었어
이렇게 그의 글들은 뛰어나고 빛났지만,
어쩐 일인지 그는 자꾸 몸을 숨겼어, 머리끝이 안 보이도록
심지어는 저 멀리 히말라야 산자락에까지 들어가서
그리고는 어느 때부터인가 아무 소식도 들리지 않았어
마치 펜을 꺾고 영원히 바위틈에 숨어버린 것처럼
그런 뒤에 한 세월이 훌쩍 지나갔을까, 얼마 전에 문득
그의 다 자란 딸이 죽어서, 그가 딸의 뼈 가루를
배낭에 집어넣고 세상을 떠돌고 있다는 풍문이 돌았어
가슴이 미어지는

# 모과나무 앞에서

오늘따라 마른 잎을 제치고 나온 모과들이
유난히 싯누렇고 그윽하다
마치 오랜 몸부림 끝에 깨달음을 얻은 사람같이
허공에 매달려서 한 세월을 길게 버텨온 저들,
어느 하루인들 마음이 편할 날이 있었을까
때로는 작은 바람결에도 깜짝 놀라 손을 놓고
스스로 떨어져서 땅에 눕고 싶은 적이 한두 번이
아니었으니
아무도 저들에게 물처럼 살지 못했다고 탓하지 마라
잠깐 동안 세상에 머물다가 떠나는 길에
천둥번개 폭풍우 찬 서리 다 가슴에 품고
저리 곱고 모질게 익기도 어려운 일이니까

# 시를 쓰는 조카 순애에게

돈이 신의 자리를 밀어낸 시대에 네가 공을 들여서
돈 안 되는 시를 쓰고 있다니 그것은 이미 축복이다
민낯의 직설이 아니라 비유로,
비유 중에서도 은유로,
너 혼자만의 눈물겹고 은은한 노랫가락으로
시의 그릇에 네 마음을 담고 있다니,
해가 떴다가 질 때까지 줄곧 주머니를 채우는 일에만
몹시 바쁜 사람들에 비한다면 그 얼마나 고고한가
세상의 한가운데에서 너는 마치 어린아이 같이
티 없이 살면서
매미처럼 목청 높여 온몸으로 꿈을 노래하고 있다니,
너야말로 누구보다 행복한 사람이다
그러니 혹시 길을 가다가 돌부리에 걸려서 넘어져도
울지 마라
네가 땅을 짚는 그 순간에도 멋진 시 한 편이 우연히
번개처럼 네 앞에 떠오를 수 있는 법이니까
모래가 할퀸 조갯살의 상처에서 진주가 돋아나듯이

# 나는 흔들린다

바람 한 점 없어도 나는 흔들린다
길가의 작은 풀꽃 앞에서도
아이들의 초롱초롱한 눈망울 앞에서도 나는
흔들린다
하물며 흙먼지 날리는 바람 속이라면
나는 어찌할 것인가
갑자기 오는 궁핍이라든지 배신이라면,
거꾸로 매달리는 악몽이라면,
오오, 어둠 속에서 들려오는 함성이라면
나는 어찌할 것인가
비를 몰고 오는 바람이라면,
꼿꼿이 선 죽은 나무들을 휘돌아서
깊은 숲을 눕히는 세찬 바람 속이라면 나는
어찌할 것인가
여린 잎을 흔드는 바람 한 점 없어도
나는 흔들린다
오늘도 여기에 이렇게 살아있으므로

후기와
해설

요즘의 몇 년 사이에 내 주변에도 많은 이들이 세상을 떠났다. 그런 것을 보면서, 나에게도 마지막 날이 있다는 것을 문득문득 깨닫곤 한다. 그리고 그런 깨달음의 뒤에는 언제나 모든 사물들이 낱낱이 새롭고 애틋해진다. 이제 갓 올라오는 풀잎의 새싹에서부터 우수수 지는 단풍잎, 붉은 저녁놀과 초승달, 희미한 새벽별들에 이르기까지.

새삼 내가 그런 생각을 가지는 것은, 언제인가는 아무래도 그것들과의 영원한 작별을 피할 수 없기 때문이 아닐까. 거기에다가, 세월이 갈수록 그런 마음은 더욱 두터워지니 이를 어찌할 것인가.

마치 가극의 대단원처럼, 창밖에 비바람이 치는 소리, 작은 새들이 지저귀는 소리, 아이들이 어울려 뛰어노는 소리들마저도 유난히 나를 사로잡고 흔드는 것을.... . 그러니 아무도 나의 시 쓰기를 막지 마라.

내가 죽는 날까지.

『내 안에 시가 가득하다』이후 햇수로 6년 만에 신작 시집을 묶는다. 오직 출판에 대한 열정 하나로 선뜻 이 책을 펴내는「일송북」의 천봉재 대표께 감사하면서, 사랑하는 내 아내와 가족들에게 이 시집을 바친다.

2019년 5월
양성우

# 실버문학 신천지의 점입가경

— 양성우 신작 시집에 바치는 글

박 태 순(소설가)

1

양성우 신작시집 출간 소식에 축의(祝意)를 표해 마지않는 바입니다. 그러함에도 이 시집의 뒤풀이 해제(解題) 글을 소설쟁이에게 청탁하다니 어찌 가당키나 한 것이겠느냐 사양했습니다. 그런데 막무가내이네요.

문주(文酒) 반(半)세기의 글벗이라 하는군요. 풍파 높기만 했던 20세기문학 행진의 길벗이지 않았느냐 합니다. 더구나 나에게는 문익환 선생의 옥중시집 "꿈을 비는 마음"과 그리고 신경림 시인의 창작시집 "달넘세"의 해제라든가 발문을 썼던 적도 있었다는 것을 환기시키는군요.

더구나 20세기를 이별시킨 것이 벌써 17년째가 돼가는 오늘의 이 시대가 우리 4 · 19 세대 문학의 잔존자들에게 과연 어떠한 세월이 되는 거냐 하고 되묻는군요. 21세기의 오늘에 실버문학 존립이 요청된다는 알리바이를 제대로 확인시켜줘야 하는 공통 담지자로써 호출 호명하는 것이니 아

**119**

예 도망갈 궁리는 하지도 말라는군요. 그리하여 배송돼온 조판 시집 교정본 파일……,

양성우 신작시편들을 눈 맞추기하는* 첫 독자로서의 자격과 품격……, 각별하게 선발된 것이라 할 이러한 '특권', 과연 어찌 지키고 누려야 하는 것일까.

진양조로, 때로는 중모리 중중모리 흐름으로, 그리고 빠른 박동의 자진모리 휘몰이 장단으로 몰아치는 시편들……, 거듭거듭 독시(讀詩) 삼매경에 몰입합니다. 노익장(老益壯)의 문천(文泉)에서 샘 솟구쳐 흘러가며 펼쳐놓는 섬세 서정의 세상물정 율시들, 그리고 시대정신 구현 서사담론의 '언어 사원(言+寺=詩)' 탐방이 곡진하고 극진합니다.

양성우 반(半)백년(50여년) 시사(詩史)가 거대벽화입니다. 양성우 청년문학 투옥문학 시대의 옥(獄)의 언어와 출옥 석방 이래의 해방언어……, 말씀(言)이 승냥이(狼랑)와 야생견(犬늑대개) 사이에 꼭 붙들려 꼼짝달싹도 못하는 언어감금암흑 상황에서 솟구는 투혼 불굴의 광명 해원(解寃) 문학정신과 정한의 인간해방 시문학…… 그리고 시인 국회의원 탄생의 산전수전 정치생활과 이어서 20세기 세기말의 금융위기 문학 감성 21세기 세기초의 멀티미디어 전자책 통신도 넘고 넘어 전개해오는 양성우 육필 노년문학……,

---

* 속칭 '눈 미팅

바람도 없는데 강물 위에 물결이 일듯이 내 마음에도
물결이 출렁이네
나를 흔드는 것은 없지만 나는 쉴 새 없이 흔들리고
내 마음에는 깊은 상처들이 있네(중략)
이 세상에 없는 것만 찾아 헤맸음을 후회하지 말자(하략)
　　　 ─「그 많던 슬픈 새들은 다 어디로 갔을까?」 앞부분

'무풍기랑(無風起浪)'이라는 표현은 서산대사의 법어집〔선
가귀감〕에 보이고 '청풍서래(淸風徐來) 수파불흥(水波不興), 곧
맑은 바람이 살랑거리니 물결이 잔잔히 일기는 하지만 흥취
를 자아내게 할 정도는 아니라는 고밀도 감성은 소동파의
〔적벽부〕에서 서술되었지요. 그런데 양성우 시인의 마음에
있는 깊은 상처는 어찌 흔들리게 되는 것인지 이 시를 읽는
내 마음에마저 파문(波紋)을 일으키게 하네요. 〈그 많던 슬픈
새〉라는 구절도 감회를 불러옵니다. 이 땅의 텃새와 철새
그리고 잡새들은 온갖 세파에 어떠한 노래들을 불러대고 어
떠한 울음들을 연거푸 울어온 것인지…?

　내가 먼 들녘 끝의 검고 푸르스름한 산등성이들 너머로
　한 순간 붉게 타다가 사라지는 저녁놀이라면
　너는 잠든 바다를 가르며 갑자기 솟아오르는 아침 햇살
이다

　　　　　　　　　 ─「내가 저녁놀이라면」

저녁놀과 아침햇살. 이 시에 묘사되고 있는 두 풍광은 나주-함평의 금성산 줄기와 영산강-다도해 장강대하 실경산수를 영상 스케치하게 합니다. 박정희 군부독재에 이어 전두환 신군부 폭압이 횡행하던 무렵에 문인들은 광주 등지의 지역문인들과 함께 '구속문학인의 밤'이라든가 양심수 문인재판 집단 참관운동도 벌였고 그리고 나는 광주 – 나주 – 함평 – 무안 – 목포 일대를 힐링 투어의 정처(定處)인 것처럼 탐방하곤 하였지요. 함평 학다리 깊은 골 양성우 시인의 생가를 찾아가서 하룻밤 묵었던 일도 있었습니다. 효자비와 열녀비를 쌍 겹으로 갖춘 유서 깊은 향촌임을 내세우면서 시인의 작은 할아버지(종조)께서는 양씨 겨레붙이의 문사 배출이 우연스런 경사인 것이 아니라 했지요.

> 팔바위 고개*, 저 고개를 넘으면 은빛 물결 반짝이는
> 가을 강을 보겠네(중략)
> 저 고개를 넘으면
> 저녁놀을 머리에 가득 이고 두 팔을 휘저으면서 서둘러
> 들길을 건너오시는 내 어머니를 보겠네

〔팔바위 고개〕라는 제목의 이 시는 동구 밖 바위고개가 남도 인생 역정의 갈림길 사연들을 한껏 갈무리해놓고 있다

---

\* 팔바위 고개 : 내 고향 함평에 있는 고개

는 것을 알게 합니다. 남아입지 출향관이려니, 향촌의 관문 벗어나 대처로 나가게 하고 그리고 향수 귀향의 수구초심 장소성을 함께 갖고 있지요. 이 시는 판소리 단가 〔호남가〕 가락과 같이 유장한 기운을 발산합니다.

"함평 천지(咸平天地) 늙은 몸이 광주 고향(光州故鄕)을 보려 하고, 제주 어선(濟州漁船) 빌려 타고 해남(海南)으로 건너 갈 제, 흥양(興陽)에 돋은 해는 보성(寶城)에 비쳐있고, 고산(高山)의 아침안개 영암(靈岩)에 둘러있다.

〔호남가〕는 전라도 각 고을의 지명을 호명하며 호남 구석 구석 방방골골 풍광을 읊조리는데 첫대목에 나오는 '함평천지'의 〈함평(咸平)〉은 여럿이 함께 어울려 평화롭게 살아가는 경관을 함축합니다. 물산 풍요의 길지이면서 해로-수로-육로의 교통 요지 문화역사지리 담론들이 열두 폭 병풍과도 같은 파노라마를 펼치는데, 파란만장 인생과 문인 양성우 시문학이 또한 그러하지요.

'1천년 목사고을'이라는 랜드마크를 내세우는 나주는 광주 – 함평 – 무안 – 목포 방면, 화순 – 순천 – 여수 방면, 영암 – 강진 – 해남 방면으로 갈라져 나가는 갈림길의 길목을 이루어 왔지요. 그런데 1981년에 전국 시군 통합 정책에 따라 나주읍과 영산포읍의 두 읍을 하나로 합쳐 시로 승격을 시키려 하게 됩니다. 하지만 유서 깊은 고을 이름을 놓칠

수 없다고 서로 고집을 부렸던 탓에 두 읍에 걸쳐있는 금성
산(451m)을 내세워 새로 승격된 시를 〈금성시〉라고 명명하
게 되지요. 1986년에 가서야 '나주시'라는 지명으로 되돌
려 놓기로 결정을 보는데 금성산 자락에는 '이별재'라는 재
고개가 있습니다. 시인묵객들의 행선지가 서로 다른 방면으
로 갈라지면서 〈이별가〉를 불러대던 눈물고개인데 벼슬길 -
환향길의 선비들을 꼬려대던 토박이 주막 여인의 전설도 있
지요. 완행버스 갈아타며 시인의 태생지 일대를 찾아다니던
때에 나는 일부러 '이별재'를 터덜터덜 걸어보기도 했지요.
황톳길 검은 해의 고갯길이라기보다 흑토 고개에 피투성이
햇볕이 뜨겁더라는 추억 한 자락이 남아 있습니다.

> 나는 인생을 물 흐르듯이 살지 못했다
> 오히려 온몸으로 물살을 거스르면서 살아왔지
> 세차게 쏟아져 내리는 물줄기를 가르고
> 몸부림치며 뛰어오른 물고기 같이
> 마치 먼 산골짜기의 실개울 풀숲으로 가서
> 한 줌의 반짝이는 알을 낳기라도 한 것처럼
> 나는 살아오는 날 내내 물을 따라 가만히
> 흐르지 못했다 (하략)
>
> —「나는 인생을 물 흐르듯이 살지 못했다」

회고시라기보다는 회억시(回憶詩)의 감흥입니다. 1970년

대의 문학 연대기는 특히 영호남 출신 문인들의 질풍노도와 독재개발 행로난 풍운으로 반독재민주화 인문 문예운동의 파장이 거세집니다. 양성우는 고교 시절부터 시편 창작을 해오지만 문학장(場)에 들어오게 되는 것은 조태일이 꾸려가던 〔시인〕 잡지에 1970년에 시를 발표하면서부터이고 김지하, 김준태와 동문(同門) 문인이 됩니다. 나와 양성우 시인의 첫 만남은 1974년 11월 17일 오후 3시 무렵, 이문구가 꾸려가던 청진동의 한국문학사 편집실이었지요. 다음날 광화문 가두시위로 〈자유실천문인협의회〉가 발족되지만 등사기기가 전무하다시피 하던 시절이라 광주에서 상경한 그가 육필로 선언문을 여러 벌 복제하고 있었지요. 다음 해에 그는 〔겨울공화국〕이라는 낭송시가 자유언론운동 벌이던 동아일보에 게재된 것으로 까탈을 만나 광주 중앙여고로부터 해직되고 지리산 천은사에 유폐되는 수난사에 맞닥뜨리게 되고…… 그리고 장시 〔노예수첩〕으로 연년세세 엄청난 필화사건을 겪어나가야 하게 되지요.

2

양성우 문학도서 서지학을 새롭게 작성해볼 필요를 느낍니다. 20세기 후반기로부터 21세기 전반기의 쌍꺼풀 시대를 관통하며 그는 시집들을 줄기차게 출간해 왔고 그와 함께 자전적 에세이집과 옥중결혼 부부의 러브송 서간문집, 그리고 강연록, 대담록과 토론문들이 쌓여 있지요. 이 신작 시집은 양성우 시문학 평생공업(平生功業)의 매뉴얼을 새롭게 정리 정돈 망라해 놓은 백발문학의 아울렛 콘텐츠라 살피게 됩니다.

달관시(達觀詩). 이런 호칭을 붙이고 싶습니다. 직시, 응시, 투시, 성찰, 통찰, 혜찰을 통해 온갖 사물에 달통하게 되는 두터운 눈빛의 시편들을 만나게 되는군요.

여기에서 양성우 문학의 5단계 이행을 총체적으로 점검해봅니다.

1) 1970년대 초반까지의 성장통(痛) 청년문학 시기.
2) 〔겨울공화국〕/ 〔우리는 열 번이고 책을 던졌다〕 / 〔노예수첩〕 필화사건과 질풍노도의 저항문학 시기.
3) 옥중결혼 – 1979년 석방 – 정식결혼 – 민주화운동 문학 시기.
4) 1988년 국회의원 당선-정치활동 시기.
5) 탈정치-귀거래 문학 시기. 곧 20세기문학에서 21세기 문학으로 건너가기. 그리고 21세기의 10년대에서 20년대로 넘어가기.....

뜨거운 양성우의 청년문학, 냉철한 양성우의 네오 노마드 문학을 건너와서 혜안 노경(老境)의 신개지(新開地)를 열어 보이는 이 시집에 닿기까지에는 여러 이정표의 업적들이 있습니다. 1997년에 출간된 시집 〔사라지는 것은 사람일 뿐이다〕는 그의 탈정치 - 귀거래 문학 환향의 도정을 보여주지만 허무주의의 편린도 묻어 있군요. 2000년에 발표된 〔첫마음〕은 순정파 서정시문학을 새로이 열어놓고 2003년의 시집 〔물고기 한 마리〕, 2007년의 〔길에서 시를 줍다〕, 2008년의 〔아침 꽃잎〕의 연속 상재(上梓) 시편들은 탈 청춘 문예 실버문학의 아날로그 키워드들이 빛을 냅니다.

2012년에는 〔내 안에 시가 가득하다〕 하는 표제의 시집을 내는데 그 어조에 간절함이 있습니다. 1970년에 〔발상법〕이라는 시를 발표하면서 그는 전문작가의 길로 들어서지만, 새천년이라는 어휘를 유행시키던 인생후반기의 시대에 그는 또 다른 '발상법'을 구사하는 듯 보인다는 구설(口舌)에 봉착하기도 합니다.

오늘 나는 나의 시가 아무 것도 아니라는 것을 알았네
오늘 나는 나의 시가 길가의 작은 풀꽃 한 잎도
피우지 못한다는 것을 알았네
나는 오늘 아무도 없는 곳에서 혼자 쓰는 나의 시가
아무 것도 아니라는 것을 알았네 (후략)

—「오늘 나는 알았네」

**127**

시간과 공간과 인간의 3간 합류. 그 오묘한 조화가 '인생 길'이고 그 불화가 행로난(難)인 것이겠지요. 나(인간 양성우) – 오늘(노년 양성우의 현재) – 아무도 없는 곳(독거 글쓰기 방)의 3간 관계가 이 시편에서는 특이하게 각별합니다. 우선 그는 '파한집' 유형의 킬링 타임이라든가 '몽유록' 형태의 가상현실 몰두와는 상관없는 화두, 곧 〈문학이란 무엇인가〉 하는 선문답에 진입하고 있습니다.

〔오늘 나는 알았네〕 하는 이 시가 알았네라 하며 실토하는 것은 과거완료형 아니라 미래진행형 기표와 기의입니다. 〈아무 것도 아니라는 것〉을 참으로 어렵사리 힘들게 알아내고 있는 것이라면 그 자체로 대단한 〈나의 시〉의 역정이고 탐구입니다. 무의미 문학 선언, 문학 허무주의 공언 아니라 유의미 문학 광맥이고 문학 각존(覺存) 발굴입니다.

양성우 실버문학의 신천지, 과연 어떠한가? 진양조로 점입가경을 하고 중머리 중중머리 장단으로 몰입을 하고, 아울러 자진모리 휘몰이 호흡으로 신명을 내게 됩니다. 남도 육자배기 토리의 가락으로 흥청거리는 이 시집의 춤사위에 함빡 사로잡히시기를..... ◆

일송북詩선집

# 압록강 생각

1판 1쇄 인쇄  2019년 5월 4일
1판 1쇄 발행  2019년 5월 13일

지은이  양성우
펴낸이  천봉재
펴낸곳  일송북

주소  서울시 성북구 성북로 4길 27-19 (2층)
전화  02-2299-1290~1
팩스  02-2299-1292
이메일  minato3@hanmail.net
홈페이지  www.ilsongbook.com
등록  1998.8.13(제303-3030000251002006000049호)

ISBN 978-89-5732-267-3 (03800)
값 10,800원

CIP제어번호  2018022382

### 이문열《아우와의 만남》
이문열의 소설을 다 읽었다 해도 이 책에 수록된 작품들을 읽지 않고는 결코 이문열 문학을 논할 수 없다!

### 박범신《겨울강 하늬바람》
영원한 청년 작가 박범신이 혼신의 힘을 다해서 쓴 이 소설에는 시대의 아픔을 껴안는 그의 문학 정신이 녹아 있다.

### 이청준《날개의 집》
초기작부터 최근작에 이르기까지, 이청준 문학의 큰 흐름을 형성하는 소설 중에서 가장 중요한 작품들을 엄선했다.

### 이승우《에리직톤의 초상》
'스물두 살의 천재'라는 찬사를 들으며 화려하게 등단한 이래 관념을 소설화하는 독특한 작품세계를 펼쳐 온 이승우의 대표작!

### 박영한《왕룽일가》
서울 근교의 우묵배미라는 농촌을 삶의 무대로 살아가는 사람들의 슬프지만 우스꽝스런 이야기들을 형상화한 박영한의 대표작!

### 윤흥길《낫》
일본에서 먼저 출간되어 대단한 화제를 불러일으킨 이 작품은 윤흥길 소설만이 갖고 있는 특별한 매력을 물씬 풍기고 있다.

### 전상국《유정의 사랑》
전형적인 사랑 이야기와 김유정의 평전이 자연스레 녹아 한 편의 퓨전 소설 형식을 취하며 문학의 새 지평을 연 놀라운 작품이다

### 윤후명《무지개를 오르는 발걸음》
윤후명이 아니면 도저히 쓸 수 없는 특유의 문체와 독특한 작품 분위기, 그리고 각별한 재미!

### 이순원《램프 속의 여자》
전방위 작가 이순원이 외롭고 슬픈 한 여자를 통해 우리가 살아온 각 시대의 성의 사회사를 살펴본 탁월한 소설이다.

### 고은주《아름다운 여름》
아나운서인 여자와 우울증 환자인 남자의 이야기를 통해 '진짜' 당신을 만날 수 있게 해주는 '오늘의 작가 상' 수상작.

### 이호철《판문점》
분단 문학을 새로운 차원으로 끌어올린 이호철의 대 표작 중 미국과 프랑스에서 출간되어 호평 받은 작 품만을 엄선했다.

### 서영은《시간의 얼굴》
'너를 진정으로 사랑하여 나를 부수고 다른 나로 태 어나려는' 주인공의 열망을 심정적으로 온전히 치른 역작.

### 김원우《짐승의 시간》
유니크한 작품세계를 구축하고 있는 김원우 문학의 원형을 보여주는, 젊은 시절의 열정을 고스란히 바친 첫 번째 장편소설.

### 한승원《아버지와 아들》
토속적인 세계와 역사의식을 통해 민족적인 비극과 한을 소설화하면서 독보적인 세계를 구축한 한승원 의 '기리야마 환태평양 도서상' 수상작.

### 송영《금지된 시간》
미국 펜클럽 기관지에 소설이 소개되어 새롭게 주목받은 송영이 심혈을 기울여서 쓴 한 몽상가의 이야기.

### 조성기《우리 시대의 사랑》
성과 사랑의 경계에 대한 질문을 던지며 많은 화제를 모았던 이 작품은 조성기를 인기 소설가로 만들어준 출세작이다.

### 구효서《낯선 여름》
다양한 주제를 섭렵하면서 독특한 자기 세계를 구축하고 있는 우리 시대의 중요한 소설가 구효서의 야심작.

### 한수산《푸른 수첩》
짙은 감성과 화려한 문체로 한 시대를 풍미했던 한수산이 전성기 때의 문학적 열정으로 그려낸 빛나는 언어의 축제.

### 문순태《징소리》
향토색 짙은 작품으로 우리 소설의 한 축을 굳게 지키고 있는 문순태는 이 작품에서 한에 대한 미학의 극치를 보여준다.

### 김주영《즐거운 우리집》
한국 문단의 탁월한 이야기꾼 김주영의 주옥같은 작품들을 한자리에 묶은 대표작 모음집.

### 조정래《유형의 땅》
'네티즌이 선정한 2005 대한민국 대표작가' 조정래의 문학적 뿌리는 이 책에 수록된 빛나는 단편소설이다.